Abtei • Ein steiler Pfad führt den Franziskanermönch William von Baskerville und seinen Gehilfen Adson von Melk hinauf zur Abtei. Wie eine Burg erhebt sich das mächtige Gebäude an den Hängen des Apennin im klaren Morgenlicht. Düster und uneinnehmbar. Es hat geschneit in der vorangegangenen Nacht im Spätherbst 1327, und in der Benediktinerabtei hat sich ein Mord ereignet. Der Abt bittet seinen Gast, die Umstände des Todes von Bruder Adelmus zu untersuchen. Die Spuren führen in die Bibliothek, die für ihre Bestände berühmt ist. Von weit her kommen Mönche, um im Skriptorium Bücher zu kopieren. Der Zutritt zur Bibliothek selbst ist jedoch nur dem Bibliothekar und seinem Stellvertreter erlaubt, und so muß sich William von Baskerville heimlich Zugang in die labyrinthischen Räume verschaffen. Um an das geheimgehaltene Wissen zu gelangen, riskieren viele ihr Leben. Während sich ein Todesfall nach dem anderen ereignet, ermitteln William und sein Adlatus, welche Handschrift so geheim sein könnte, daß dafür gemordet wird.

Das Mittelalter ist Umberto Ecos Leidenschaft, und als er begann, *Der Name der Rose* zu schreiben, legte er erst einmal ein Jahr lang nur Listen mit Büchern an, die in einer mittelalterlichen Klosterbibliothek hätten stehen können.

Aké • Der Literaturnobelpreisträger Wole Soyinka verbrachte seine Kindheit auf dem Pfarreigehöft von Aké, wo sein Vater Rektor der Grundschule war. Auf dieser Festung aus Wellblechdächern und Mauern ließ es sich wunderbar klettern. Von dort konnte man ins Unterholz der Obsthaine krabbeln, wo Granatäpfel, Passionsfrüchte und Feigen wuchsen. Aus der Kirche St. Peter ertönte die Orgel, die Luft in Aké duftete nach Zitronenblättern, Guaven und Mangos, und auf dem Schulhof spendeten große Bäume Schatten. Außerhalb des Geländes gelangte man auf den von gekalkten Steinen, Lilien und Zitronengrasbüscheln gesäumten Pfaden in Bambuswälder und auf offene Wiesen. Im Wald wohnten Geister. Auch die Tochter des Buchhändlers war ein Geisterkind, ein *àbikú,* das immer wiedergeboren wurde und in Trance fiel. Mit viereinhalb machte sich der kleine Wole zum ersten Mal auf, die Welt außerhalb des Pfarreigehöfts zu entdecken, indem er der vorbeimarschierenden Polizeikapelle bis ins benachbarte Ibara folgte.

Al's • »Man kam in einem holprigen kleinen Flugzeug und erhielt aus irgendeinem mysteriösen Grund ein Zimmer für sich allein, mit Balkon und Blick über die Stadt und den Hafen; und man sitzt da und trinkt und wartet, daß etwas passiert.« In der Karibik fühlt sich der New Yorker Journalist Paul Kemp in Hunter S. Thompsons *Rum Diary* wie Humphrey Bogart. Als Paul in den fünfziger Jahren bei der *Daily News* anfängt, steht Puerto Rico kurz vor einem großen Wirtschafts- und Touristenboom, zumindest denken das alle. Meistens sitzt er mit seinen Kollegen in Al's Bar in San Juan. Es gibt dort einen Pianisten, Bier, Rum und Hamburger. Später wird das Menü um Eier und Kaffee zum Frühstück erweitert, denn die Journalisten wollen nicht immer schon betrunken ins Büro gehen. Alle, die sich bei Al treffen, sind Vagabunden, stets auf der Suche nach einer sensationellen Geschichte oder einem Frachter, der sie zum nächsten Tropenparadies mitnimmt. Sie sind Suchende, gierig nach Leben und immer auf Achse. In Puerto Rico finden sie Palmen, eine gigantische Sonne, Spielcasinos, Sex in den Dünen, nächtliches Schwimmen im Meer und Schlägereien. Sie sind schon über 30 und haben nie damit gerechnet, überhaupt mal so alt zu werden.

AL-DABAH • Für den in London lebenden sudanesischen Schriftsteller Tayib Salih ist das Schreiben die Suche nach dem Paradies der Kindheit, das er auf diese Weise zurückerobert. Drei Tage dauert die Reise mit dem Zug und dem Dampfer von Khartum zu seinem Geburtsort Al-Dabah im Nordsudan. Hier macht der Nil eine Biegung, er fließt nicht mehr von Süden nach Norden, sondern von Westen nach Osten. Das Flußbett wird breit und tief, und aus dem Wasser ragen grüne Inseln. Darüber schweben weiße Vögel. Zu beiden Ufern stehen dichte Palmenwälder, kreisende Wasserräder und hier und da eine Wasserpumpe. An der Anlegestelle herrscht Gedränge. Männer mit weißen Turbanen auf Eseln, andere zu Fuß, Schiffe, die vom gegenüberliegenden Ufer kommen. Die Häuser am Rande der Wüste sind aus Lehm und ungebrannten Ziegeln. Im Hof seines Elternhauses wiegt sich eine Palme im Wind. Es duftet nach Zitronenbäumen und halbreifen Maiskolben. In *Zeit der Nordwanderung*, seinem bekanntesten Werk, sehnt sich der in Europa lebende Erzähler sieben Jahre nach seiner Familie in dem kleinen Dorf an der Nilbiegung, bis endlich der Eisblock in seinem Inneren schmilzt. Jahrelang wäre er fast erfroren, doch jetzt scheint endlich die Sonne wieder warm auf ihn herab.

Alagaësia • Noch herrscht der grausame Tyrann Galbatorix in Eragons Heimat, aber Elfen, Zwerge und Varden geben den Widerstand nicht auf. In Christopher Paolinis Fantasy-Roman schließt sich der fünfzehnjährige Drachenreiter Eragon den guten Mächten an. Er wächst als Waisenkind im hohen abgelegenen Norden des Landes Alagaësia auf. Bei einem Jagdausflug im Gebirge »Buckel« findet er scheinbar zufällig einen blauen Stein, aus dem ein kleiner Drache schlüpft. Drachen schlüpfen nur, wenn sie ihren Reiter gefunden haben, und es hat sehr lange keine Drachenreiter mehr in Alagaësia gegeben. Als bösartige Ra'zac, die im Auftrag des Königs nach dem blauen Stein suchen, Eragons Onkel Garrow ermorden und den Hof zerstören, macht sich Ergaon zusammen mit dem alten Geschichtenerzähler Brom und dem Drachen Saphira auf den Weg, seinen Onkel zu rächen. Immer wieder muß Eragon während seiner Reise durch Alagaësia seine magischen Kräfte und seine Kampfeskunst unter Beweis stellen. Christopher Paolini schrieb seinen Bestseller *Eragon – Das Vermächtnis der Drachenreiter* bereits mit 15 Jahren. Er brachte das Buch im elterlichen Verlag heraus und zog dann ein Jahr lang auf Lesereise mit seiner Mutter durch die Vereinigten Staaten.

ALGONQUIN • In den zwanziger Jahren traf sich die legendäre Algonquin-Tafelrunde jeden Mittag zum Lunch im gleichnamigen New Yorker Hotel. Gegründet wurde dieser literarische Zirkel von Dorothy Parker, Robert Benchley und Robert Sherwood, aber viele andere Journalisten, Kritiker, Schriftsteller und Regisseure nahmen ebenfalls teil, unter ihnen auch die Schriftstellerin Edna Ferber und der Komiker Harpo Marx. Bekannt ist die Runde für die vielen Bonmots, die auch heute gerne zitiert werden. Besonders die Aussprüche von Dorothy Parker sind legendär. Die Königin der Tafelrunde schrieb Gedichte, Kurzgeschichten und später auch Drehbücher, arbeitete für *Vanity Fair* und *Vogue*. Wie alle Mitglieder der Tafelrunde trank sie zuviel, hatte unzählige Affären, unter anderen mit F. Scott Fitzgerald, war mit Ernest Hemingway befreundet und unternahm mehrere Selbstmordversuche. Von 1924 bis zu ihrem Umzug nach Hollywood im Jahr 1929, als sich die Runde auflöste, bewohnte sie ein Zimmer im Algonquin.

ALI BABA CAFÉ • Jeden Morgen unternahm der Literaturnobelpreisträger Nagib Machfus denselben Spaziergang. Oft ging er bereits um 6 Uhr los, wenn die Luft noch frisch war. Von seiner Wohnung im Stadtteil Agouza führte sein Weg zum Nil, den er überquerte. Dann lief er zum Tahrir Platz im lärmenden Herzen Kairos und erreichte um 7 Uhr das Ali Baba Café. Er saß an seinem Lieblingsplatz am Fenster, frühstückte, trank zwei Tassen mittelsüßen Kaffee und las Zeitung. Danach machte er sich auf den Weg zu seiner Arbeit in der Behörde oder nach Hause, um zu schreiben.

ALM • Heidi ist fünf, als sie zu ihrem Großvater, dem Alm-Öhi, kommt. Zusammen mit ihrer Tante Dete, die bald als Dienstmädchen in Frankfurt arbeiten soll, steigt sie den steilen Fußweg von Maienfeld ins Dörfli hinauf, und von dort geht es weiter bis zur Alm. Von der Bank vor der Almhütte überblickt der Öhi das sonnige Tal. Die drei alten Tannen hinter der Hütte wiegen sich im Wind. Heidi freundet sich mit dem Geißenpeter und seinen Ziegen an. Sie ist glücklich hier oben, und auch der Großvater, der vorher allein gelebt hat, blüht in der Gesellschaft seiner Enkelin auf. Als Heidi Gesellschafterin von Klara Sesemann in Frankfurt wird, um dort endlich lesen und schreiben zu lernen, ist ihr Heimweh nach der Alm bald so groß, daß man sie wieder nach Hause schickt. Doch die im Rollstuhl sitzende, kranke Klara kommt sie auf der Alm besuchen und lernt hier wieder laufen. Johanna Spyri schuf mit *Heidi* die sicher berühmteste Schweizerin.

ALTAI • Unter Stalin wurden die Tuwiner aus ihren ursprünglichen Weide- und Jagdgründen im Altai-Gebirge im Nordwesten der Mongolei vertrieben. Der Schriftsteller Galsan Tschinag führte sein über die Mongolei versprengt lebendes Volk in einer Karawane in die alte Heimat zurück. Die Karawane, bestehend aus insgesamt 130 Kamelen, Schafen, Hühnern, Hunden, Katzen, Pferden und LKWs, legte über 2000 Kilometer zurück, um von einem Ende der Mongolei zum anderen zu gelangen. Man zog durch Steppen, Wüsten und über Berge und Flüsse. Jeden Morgen wurden die Jurten wieder abgebaut, die Kamele neu beladen. Nach zwei Monaten kamen die schneebedeckten Gipfel des Altai-Gebirges in Sicht: Das Ziel war erreicht!

Amsterdam • ist eine kleine Vulkaninsel im südlichen Teil des Indischen Ozeans. Der Journalist Alfred van Cleef suchte nach der »extremsten« Insel, die am weitesten entfernt von allen Erdteilen war, am abgelegensten, am einsamsten, weil er alles hinter sich lassen wollte. Dabei stieß er auf Amsterdam, das sich auf halbem Weg zwischen Afrika und Australien befindet und etwa gleichweit entfernt von Sri Lanka und dem Südpol liegt. Mehr als dreitausend Kilometer trennen die Insel von jedem Kontinent. Jahrelang führte er einen Kampf mit der Verwaltung der französischen Südgebiete, um eine Genehmigung für den Aufenthalt auf der Insel zu erhalten. Die einzige Verbindung war das Postschiff Marion-Dufresne, das die Insel mehrmals im Jahr von Réunion aus anlief und mit dem komplizierten Ausbootvorgang vertraut war. Auf Amsterdam gab es nichts als eine Wetterstation und eine Forschungsbasis für Vogelkundler. Erst mit der Rückendeckung des Bürgermeisters der Stadt Amsterdam gelang es dem Journalisten, die notwendige Genehmigung und eine Passage auf der Marion-Dufresne zu ergattern. Er wußte bereits alles über die Insel: Wie viele schwere Sturmböen pro Jahr über sie hinwegfegen, welche Sturmvogelarten dort leben, zu welcher Jahreszeit die Gelbnasenalbatrosse sich fortpflanzen. Er konnte die Namen aller Schiffe aufzählen, die an den gefährlichen Klippen zerschellt sind. Die Fahrt mit dem Postschiff dauerte drei Wochen. Eine Handvoll Bewohner – wetterfeste Männer, die auch bei Kälte kurze Hosen trugen – teilten sich alle Aufgaben, aßen gemeinsam und schauten 16 mm- Filme. In die große Robbenkolonie waren einige der verwilderten Hühner ausgewandert. Gesprächsthemen unter den Bewohnern waren Pinguinspuren oder die Ankunft eines neuen See-Elefanten. Als er die Insel wieder verlassen mußte, bedauerte er dies. Das Leben ohne Auto, Telefon, Fernseher und Radio hatte ihm zugesagt. Nie zuvor hatte er soviel Zeit gehabt.

ANTIGUA • Die Touristen kommen hierher wegen des marineblauen Wassers und des weißen Strandes. Die Sonne scheint immer, und die Blumen leuchten in Rot, Purpur, Gelb, Orange, Blau und Weiß. Die Dörfer mit ihren kleinen Häuschen in Gelb-, Rosa- und Grünschattierungen sind pittoresk. Im Schatten davor liegt ein Hund und schläft. Prächtige alte Kolonialgebäude säumen die Straßen der Hauptstadt St. John. Alles leuchtet bunt, wenn samstags morgens Markt ist: Obst und Gemüse, die Kleidung der Leute, das Meer und der Himmel. Die von hier stammende Schriftstellerin Jamaica Kincaid will aber auch die andere Seite ihrer »kleinen Insel« zeigen: Die Regierung ist korrupt. Der Drogenschmuggel blüht. Die schönsten Strände sind für die Antiguaner gesperrt, und die meisten Touristen finden das auch ganz in Ordnung, denn mit der Bevölkerung wollen sie nichts zu tun haben. Dafür überweisen sie ab und zu Geld an eine Wohltätigkeitsorganisation. Es gibt kein Abwassersystem und zu wenig Wasser. Die Lebensmittel für die Touristen werden aus Miami eingeflogen. Für die Bevölkerung ist die Befreiung aus der Sklaverei immer noch ein Thema, obwohl seitdem schon über 150 Jahre vergangen sind. Für die Weißen, die hämisch bemerken, daß alles ja noch schlimmer geworden ist, seitdem die Schwarzen sich selbst regieren, hat Jamaica Kincaid folgende Antwort: Sich gegenseitig einzusperren und umzubringen, schlecht zu regieren und seinen Reichtum auf Schweizer Bankkonten zu bringen, genau dies haben die Europäer jahrhundertelang vorgemacht und weitergegeben.

Aphrodite Club • Michel, der den gleichen Vornamen trägt wie sein Erfinder Hoeullebecq, ist vierzig, farblos, kontaktarm und Beamter. Er verliebt sich auf einer Thailandrundreise in Valérie, 28, unscheinbar, aber mit guter Figur. Valérie und ihr Chef Jean-Yves sollen für einen Tourismuskonzern Ferienclubs sanieren, denn das Club-Konzept läuft nicht mehr. Beim gemeinsamen

Urlaub auf Kuba entwickeln Michel, Valérie und Jean-Yves die Idee des Aphrodite-Clubs. Da es den Menschen in der westlichen Welt nicht mehr gelingt, miteinander zu schlafen, sollen sie ihren Urlaub im Sexclub verbringen. In Europa, so Michel, wird über Sex nur noch geredet, er findet nicht mehr statt. Die Menschen schämen sich ihres eigenen Körpers und finden auch andere Körper nur noch attraktiv, wenn sie aussehen wie die von Pornodarstellern. Im Urlaub jedoch wollen alle unbedingt ein kleines Abenteuer erleben. Nur dann gilt der Urlaub als gelungen. »Tourismus mit Charme« heißt es im Katalog der Clubs. Der Werbespruch lautet: Weil wir das Recht haben, uns zu vergnügen. Willkommen in den Clubs sind Männer wie Frauen, Homosexuelle und Paare. Die einheimischen Prostituierten und Strichjungen dürfen mit aufs Zimmer. Sportanimation, Kinderbetreuung, Töpfer- und Seidenmalereikurse fallen aus. Dafür tummeln sich am Pool nackte Paare beim Gruppensex. Doch der Traum vom Sex-Urlaub in Thailand findet ein schnelles Ende, als islamistische Terroristen dem Ganzen einen Strich durch die Rechnung machen.

ARIZONA • An einer Bushaltestelle nahe der mexikanischen Grenze trifft der Anthropologiestudent Carlos Castaneda den alten Schamanen Don Juan Matus. Mehrere Jahre weist der Yaqui-

Indianer Castaneda in die »nicht-alltägliche Wirklichkeit« ein. Mit Hilfe von bewußtseinserweiternden Rauschmitteln – Peyote und Pilzen – reist er in die Welt der Halluzinationen. *Die Lehren des Don Juan* erschien 1968 und wurde in den psychedelischen Sechzigern zum großen Erfolg, Castaneda zu einem Vorreiter der New-Age-Bewegung. Umstritten ist jedoch, wieviel von dem, was er berichtet, tatsächlich wahr ist. Die Philosophie des Schamanen scheint nicht mit dem übereinzustimmen, was man über die Yaqui-Indianer weiß. Und Castaneda brachte nie einen Beweis dafür, daß Don Juan existierte und seine Geschichte auf Tatsachen basierte. Nicht angezweifelt jedoch wurden seine ausführlich beschriebenen Drogenerlebnisse.

ASTEROID B 612 • Der kleine Prinz kommt von seinem sehr kleinen, namenlosen Stern, den der Erzähler aber benennt, weil die Welt der Erwachsenen immer eine genaue Bezeichnung braucht, um etwas glauben zu können. Auf dem Planeten des kleinen Prinz wächst eine Blume, die Blüten und vier Dornen hat. Täglich gießt der kleine Prinz sie und stülpt ihr nachts eine Glasglocke über, weil sie gegen Zugluft empfindlich ist. Jeden Tag kehrt er auch seine drei Vulkane. Die beiden aktiven Vulkane dienen ihm als Kochplatten, der erloschene Vulkan ist sein Stuhl. Weil der Planet so klein ist, müssen die Affenbrotbäume, die zu groß werden, ausgerissen werden. Wegen Beziehungsproblemen mit der zickigen Blume verläßt der kleine Prinz seinen Stern und landet in der Sahara. Dort bittet er Antoine de Saint-Exupéry, ihm ein Schaf zu malen, das er mit auf seinen Planeten nehmen kann. Denn er sehnt sich zurück zu seiner Blume. Er weiß jetzt, daß auch sie ihn liebt und nur aus Liebe so zickig und empfindlich ist. Damit der Blume, die nur vier Dornen hat, nichts passiert, soll das Schaf einen Maulkorb tragen. Um zurückzukehren, läßt sich der kleine Prinz von einer Schlange beißen, denn seinen Körper kann er nicht mit zurücknehmen.

ATHEN • In Athen streikt die Müllabfuhr, alle stehen im Stau, es ist heiß. Kurzum, es lohnt sich hier, genervt zu sein. Bei Kommissar Kostas Charitos geht das so weit, daß es ihn stört, als sich seine Tochter von ihrem Freund trennt, der ihn immer besonders genervt hat. Jetzt kann er sich noch nicht einmal mehr über ihn ärgern. Kommissar Charitos hegt Ressentiments gegen alles und jeden: gegen das Griechischtümelnde ebenso wie gegen alle Neuerungen, die über Griechenland hereingebrochen sind: die FBI-Methoden, die sein Chef bei einer Schulung gelernt hat, den Kaffee-Frappé, den jetzt außer ihm alle trinken, das blutige Entrecote, das ihm im vornehmen französischen Restaurant serviert wird. Er leistet passiven Widerstand. Das Entrecote erinnert ihn an blutige Leichen, er bleibt bei seinen Ermittlungsmethoden und trinkt weiterhin süßen griechischen Mokka, auch wenn der jetzt mit der Espressomaschine gekocht wird und nicht mehr schmeckt. Sein Auto ist uralt, ein Handy will er nicht. Die Mitarbeiter sind unfähig, seine Frau betütelt ihn so sehr, daß er oft tagelang nicht mit ihr redet – aus Rache. Ihn nerven Albaner und alle anderen Ausländer ebenso wie alle Griechen, kreischende Kinder, heulende Männer, linke Politiker, rechte Politiker, Leute, die reich geworden sind, aber auch die Armen. Ganz schlimm findet er Journalisten und das Fernsehen. Wenn Petros Markaris' Kommissar mit anderen im Stau Stehenden streitet, würde er sie am liebsten alle festnehmen.

ATLANTIS • gilt als »Wiege der Zivilisation«, als verlorenes Paradies, als nie wieder erreichte Hochkultur und als eines der größten Rätsel. All sein Gold und Silber, seine ungeheuren Schätze könnten irgendwo auf dem Meeresboden darauf warten, entdeckt zu werden. So etwa in Peru, auf Helgoland, den Azoren, in Grönland oder Marokko. Auch im Stillen Ozean und der Karibik hoffte man, Atlantis zu entdecken. Dabei ist bis heute nicht klar, ob Atlantis nicht 1vielleicht reine Fiktion ist. Es gibt nur eine einzige Quelle – und zwar bei Platon. In seinen etwa 355 v. Chr. verfaßten Dialogen *Kritias* und *Timaios* berichtet er von einer hochentwickelten Kultur, die auch technisch und militärisch allen anderen überlegen war und vor über elftausend Jahren plötzlich durch eine Naturkatastrophe untergegangen ist. Platon nennt diesen Staat eine Insel, größer als Libyen und Kleinasien zusammen, und berichtet, daß sie außerhalb der Säulen des Herakles lag. So wurde allgemein die Straße von Gibraltar bezeichnet, und deshalb hat man Atlantis lange im Atlantik gesucht. Platon beruft sich auf den griechischen Gesetzgeber Solon als Quelle, der die Atlantis-Legende wiederum von einem ägyptischen Priester gehört habe. Atlantis ist ein sehr fruchtbares Land, mit unerschöpflichen Wasserquellen, weiten Wäldern und einer vielfältigen Pflanzen- und Tierwelt, selbst Elefanten gibt es. Der Boden ist reich an Gold, Silber und Erzen. Die Hauptstadt dieses reichen Landes besitzt prunkvolle Villen, Kanäle und Prachtstraßen. Im Zentrum der Stadt befinden sich der Königspalast und der Poseidontempel. Der Feind von Atlantis ist Athen. Inzwischen gehen einige Forscher davon aus, daß sich beim Übersetzen vom Griechischen ins Ägyptische und zurück Fehler und Ungereimtheiten eingeschlichen haben. Neuere Thesen sind, daß Atlantis längst entdeckt sei, weil in Wirklichkeit die Rede von Kreta oder Troja ist, wo mächtige Kulturen durch Naturkatastrophen und Kriege vernichtet wurden. Aber die Suche wird sicher weitergehen, solange nicht jemand einen ganzen Kontinent auf dem Meeresboden gefunden hat.

AUENLAND • Friedlich und behaglich geht es in diesem Teil von Tolkiens Mittelerde zu. Die kleinen Hobbits bestellen ihre Felder, gärtnern und sitzen pfeiferauchend vor dem Kamin. Sie sind zufrieden und bescheiden. Um die dunkle Welt, die sie umgibt, kümmern sie sich nicht. Selten packt sie die Abenteuerlust, obwohl sie zäh und tapfer sein können. Sie sind meistens fröhlich, nicht sehr schlau und gelten bei den anderen Bewohnern von Mittelerde als ein wenig langweilig. Als Frodo Beutlin im ersten Buch des *Herrn der Ringe* entdeckt, daß er den Meisterring besitzt, nach dem Sauron der Dunkle sucht, will er das Auenland verlassen, um Böses von der geliebten Heimat abzuwenden. Es ist ihm lieber, selbst auf Wanderschaft zu sein und einen friedlichen Zufluchtsort zu kennen, von dem er träumen kann. J.R.R. Tolkien schrieb einmal: »Ich bin selbst ein Hobbit.« Denn er liebte Gärten, Bäume und Akkerland, rauchte Pfeife, aß gutbürgerlich, trug gerne bunte Westen und hatte eine Vorliebe für Pilze. Er reiste selten und lebte, während er den *Herrn der Ringe* schrieb, in einem Vorort von Oxford. Das Dorf Hobbingen mit der Mühle und dem Fluß ähnelt dem kleinen Sarehole, wo Ronald Tolkien in seiner Kindheit einige Jahre verbrachte. Er war der Meinung, es sei falsch, in der

Lebensgeschichte eines Autors nach dem Zugang zu seinen Werken zu suchen, sagte aber auch, daß eine Geschichte wie der *Herr der Ringe* aus allem in einem heranwächst, was man erlebt und gesehen hat. Als er mit Mutter und Bruder in Birmingham lebte, sah er dort Kohlewaggons, die mit walisischen Worten wie Senhenyyd oder Tredegar beschriftet waren. Seine Tante lebte auf einer Farm, die Bags End (Beutelsend) genannt wurde, der Name des Hauses von Bilbo und Frodo Beutlin. Er lernte Latein, Griechisch, Französisch und Deutsch, interessierte sich für altenglische Sprachen, für nordische Sagen und für das Gotische. Er lernte Alt-Walisisch, Isländisch und Finnisch, das als Vorbild für das von Tolkien erfundene Quenya, das Hochelbische, gilt. Den Begriff Mittelerde entwickelte er aus dem nordischen Wort Midgard. Die Hobbitgeschichten erzählte er zuerst seinen Kindern, und nachdem er den *Kleinen Hobbit* veröffentlicht hatte, verlangte sein Verleger weitere Hobbitgeschichten. Daraus entstand *Der Herr der Ringe.*

AVALON Nur Eingeweihte können die Barke rufen, mit der man zur heiligen Insel übersetzt. Alle, die nicht mehr an die große Mutter glauben, landen unweigerlich immer in Glastonbury, wo sich die christlichen Mönche niedergelassen haben. Avalon liegt immer im Nebel, nur für die Anhänger der alten Religion ist es sichtbar. Nach der Fahrt über den stillen Sommersee lichtet sich der dicke undurchdringliche Nebel plötzlich, und das grüne Ufer kommt in Sicht. Auf der Spitze eines Berges sehen wir einen Kreis aus aufrechten Steinen, zu dem sich ein Prozessionsweg hinaufschlängelt. Apfelbäume wachsen an den Berghängen. Unten liegen die Gebäude der Priesterinnen, dahinter auf einer Anhöhe sprudelt der heilige Brunnen. Marion Zimmer Bradleys *Die Nebel von Avalon* ist eine Interpretation der Artus-Sage aus weiblicher Sicht, erzählt von Morgaine, der Hohepriesterin von Avalon und Schwester von König Artus. Die Legende um Artus, seine Tafelrunde und den heiligen Gral geht auf einen frühchristlichen englischen König im 6. Jahrhundert zurück, der in Somerset gelebt haben und dessen Grab sich in Avalon, dem heutigen Glastonbury, befinden soll. Weitere Artus-Dichtungen sind Wolfram von Eschenbachs *Parsifal*, Thomas Malorys *Morte d'Arthur*, Lord Alfred Tennysons *Königsidyllen* und die Opern *Parsifal* und *Tristan und Isolde* von Richard Wagner.

BAIXA • Lissabons Unterstadt ist der Mittelpunkt von Fernando Pessoas Leben. Sein Alter ego, der Hilfsbuchhalter Bernardo Soares, läuft hier jeden Tag die Rua dos Douradores entlang, um von seiner Wohnung ins Büro zu kommen, wo er der immer gleichen Arbeit nachgeht. Tagsüber geht es hektisch zu in der Baixa, erst am Abend ist es angenehm ruhig. Nach der Arbeit sitzt Pessoa im Martinho da Arcada, einem Café aus dem 18. Jahrhundert auf der Praça do Comércio, und schreibt an seinen Büchern, die oft Beobachtungen über die Kellner, Köche und die anderen Gäste enthalten. Er verweigert sich der brutalen, geschäftigen Welt der Macher und Betrüger, über die er im *Buch der Unruhe* philosophiert, und trinkt stattdessen lieber friedlich seinen Kaffee.

BALBEC • Im Speisesaal des Grandhotels trifft sich die feine Gesellschaft und beobachtet sich gegenseitig, während sie Zitrone auf den Fisch träufelt. Einige sind nicht wirklich fein, sie halten sich nur dafür. Die Frau des Anwaltskammervorsitzenden, die Frau des Notars und die Frau des Gerichtspräsidenten sind provinzielle Snobs. In ihren Provinzstädten gehören sie zur ersten Gesellschaft. Zu Beginn eines endlosen Feriensommers im Seebad Balbec fühlt sich der Erzähler von dieser Gesellschaft eingeschüchtert, ebenso wie vom dünkelhaften Hoteldirektor und der monumentalen Treppe aus falschem Marmor. Er verbringt in diesem mondänen Badeort den Sommer mit seiner Großmutter, und zufällig ist auch die Freundin der Großmutter, die Marquise de Villeparisis, im Grandhotel abgestiegen. Deren Freundin, die Prinzessin von Luxemburg, hat eine Villa gemietet und lädt alle zu Spazierfahrten zu den Klippen in ihrer Kutsche ein. Auf diese Weise kommt der Erzähler mit der wirklich feinen Gesellschaft zusammen. Er lernt seinen bald besten Freund, den Marquis de Saint-Loup, kennen, den Baron von Charlus und den impressionistischen Maler Elstir. Auf der Strandpromenade sieht er zum ersten Mal das brünette Mädchen, das ein Fahrrad schiebt: seine große Liebe Albertine. Balbec ist ein fiktiver Ort in der Normandie. Marcel Proust selbst war in den Seebädern Trouville, Dieppe und Cabourg zu Gast. Das Grandhotel in Cabourg gilt heute als das Vorbild für jenes in Balbec.

BARCELONA • Im Jahr 1936 hatten die Anarchisten einen kurzen Sommer lang das Sagen in Katalonien. In seinem dokumentarischen Roman über den Anarchistenführer Buenaventura Durruti beschreibt Hans Magnus Enzensberger den Kampf der anarchistischen Arbeitergewerkschaft CNT gegen das großbürgerliche Kapital, gegen Polizei und Justiz, gegen die Kommunisten und vor allem gegen Franco und seine Truppen. Die spanische Arbeiterbewegung war weltweit die einzige, die sich für den Anarchismus und gegen den Kommunismus entschieden hatte. Sie war eine Massenbewegung, mit Millionen von Mitgliedern, die für die Freiheit des Menschen und für eine neue Gesellschaft kämpften. Den Kapitalismus haßten sie wegen der Entfremdung, die er mit sich brachte. Die Unternehmen hatten damals in Spanien eigene Söldnertrupps, es gab willkürliche Verhaftungen, Erschießungen und Folter. Der CNT ging es nicht nur um eine gerechtere Verteilung von Arbeit und Kapital, sondern um eine neue Gesellschaft. Die Revolution siegte in Barcelona, der Staat war weg, Polizei und Justiz konnten den Menschen nichts mehr anhaben. Die Unternehmen wurden enteignet und in die eigenen Hände genommen. Doch dann triumphierte der Diktator Franco, Buenaventura Durruti starb, die Anarchisten gingen ins Exil. Hans Magnus Enzensberger hat sie in den siebziger Jahren getroffen und ihnen in *Der kurze Sommer der Anarchie* ein Denkmal gesetzt. Freizeitgesellschaft und Müßiggang sind für sie Fremdworte. Sie leben bescheiden und haben kein Interesse an Konsum oder an Wohlstand. Dafür engagieren sie sich für Kultur. Sie haben keine Fernseher, sondern lesen Bücher. Sie sind topfit. Und unbestechlich. Sie wissen, daß sie Fehler gemacht haben, aber sie nehmen nichts zurück. Auch Buenaventura Durruti hat seine Schuhsohlen selbst geflickt, weil er kein Geld für den Schuster hatte, obwohl durch seine Hände Millionen an Mitgliedsbeiträgen gegangen sind.

Beirut • Die Libanesin Suha übersiedelt mit ihrem Mann in ein Land in der Wüste, in dem es Öl gibt und Frauen nicht auf die Straße gehen. Suha darf nicht Auto fahren und wird attackiert, weil sie unverschleiert ist. Aus Langeweile belegt sie einen Gymnastikkurs, lernt Torten verzieren, sticken und patchworken. Ihren Mann, den Bankdirektor, beginnt sie zu hassen. Mit jedem Tag wächst ihre Sehnsucht nach dem freieren Leben im Libanon. Einfach auf der Straße rumlaufen können, gekleidet, wie es einem paßt, das fände sie himmlisch. Trotz des gerade wütenden Bürgerkriegs im Libanon geht Hanan al-Shayks Protagonistin in *Im Bann der High-Tech Harems* schließlich nach Beirut zurück. Das bequeme, eingesperrte Leben im reichen Wüstenland empfindet sie als schlimmer als die unstabile und gefährliche Situation in ihrem Heimatland.

Bern • Wachtmeister Jakob Studer von der Berner Kantonspolizei ist ein Menschenfreund, der immer auf der Seite der Schwachen steht. Er ist schon ein älterer Herr, ein wenig aus der Form. Bevor er degradiert wurde, war er Kommissär bei der Stadtpolizei in Bern. Es ist eine düstere Welt, in der Friederich Glausers Wachtmeister in den dreißiger Jahren ermittelt. Die kleinen Leute in den Dörfern und Städten des Kantons sind Opfer der Umstände, Studer aber steht auf ihrer Seite, auch wenn er sich dafür mit Höhergestellten anlegen muß. Friedrich Glauser, der als erster deutschsprachiger Krimiautor gilt, riß mit dreizehn von zu Hause aus und kam in Polizeihaft. Es folgten Internate und Erziehungsheime, Drogen, Depressionen, lange Aufenthalte in psychiatrischen Kliniken, Selbstmordversuche, Entziehungskuren, Gefängnisaufenthalte. Der ruhige, listige, hartnäckige Familienmensch Studer ist das Gegenstück zu Glauser und seinem tragischen, chaotischen Leben.

BETT • Schon als Kind war Marcel Proust kränklich, mußte oft das Bett hüten und wurde von seiner Mutter verwöhnt. Er litt an Asthma, war zeitlebens ein Hypochonder und stellte irgendwann fest, daß es ihm im Bett am besten gefiel. Die Wände und die Decke seines Schlafzimmers am Boulevard Haussmann ließ er, weil er sehr geräuschempfindlich war, mit Korkplatten verkleiden. Die Fensterläden und Vorhänge blieben stets geschlossen, und meist brannte nur die kleine Nachttischlampe. Um das Bett standen drei Tische, die so plaziert waren, daß er nach den daraufliegenden Gegenstände greifen konnte, ohne nach den Dienstboten klingeln zu müssen. Ein Tisch war für Bücher und Wärmflaschen, auf einem befanden sich Manuskripte, Notizbücher, fünfzehn verschiedene Federhalter und das Tintenfaß. Das Tablett mit der silbernen Kaffeekanne mit Monogramm stand auf dem dritten Tisch. Das mit Manuskriptseiten, Zeitungen, Notizen und Briefen übersäte Bett aufzuräumen gehörte zu den wichtigsten Aufgaben seines Dieners und Geliebten Nicolas Cottin. Putzen durften die Dienstboten nur, wenn Proust nicht da war – wegen seiner Staubempfindlichkeit. Da er sich so wenig bewegte, war ihm immer kalt. Er trug mehrere Pullover unter seinem Schlafanzug. Für Besucher legte er Kragen und Krawatte an und trug Handschuhe. Im Rücken hatte er mehrere Kissen, damit er aufrecht sitzen konnte. Wenn er ausging, zog er seinen pelzgefütterten Mantel über den Schlafanzug.

Bingen • Die heutige Abtei St. Hildegard liegt in den Weinbergen oberhalb von Rüdesheim. Ein mächtiges neoromanisches Gebäude, das Anfang des 20. Jahrhunderts entstand. Hildegard von Bingen gilt als eine der bedeutendsten Frauen des Mittelalters. Sie lebte von 1098 bis 1179 und war gleichzeitig Seherin, Prophetin, Theologin, Schriftstellerin, Komponistin, Naturwissenschaftlerin und Heilkundige. Das Kloster Rupertsberg, dessen Äbtissin sie war, lag auf dem anderen Rheinufer in der Nähe von Bingen, später kam ein zweites Kloster hinzu, in Eibingen. Beide Klöster wurden zerstört, die heutige Abtei liegt etwas außerhalb des Rüdesheimer Stadtteils Eibingen. Hildegard ließ sich jede Woche zweimal über den Rhein rudern, um in beiden Klöstern ihrer Arbeit nachzugehen. Heute sind es vor allem ihre heil- und naturkundlichen Schriften, die gelesen werden. Im Shop der Abtei St. Hildegard gibt es selbstgemachte Dinkelkekse und -nudeln, biologischen Wein ebenso wie kleine Kruzifixe, Bibeln und Hildegards Werke zu kaufen. Die Nonnen tragen die traditionelle Tracht der Benediktinerinnen und dazu ein kleines Namensschild, wie im Supermarkt.

BLEIKAMMERN • Obwohl Giacomo Casanova sich nur selten in seiner Heimatstadt aufhielt, fand doch sein berühmtestes Abenteuer in Venedig statt: die Flucht aus den Bleikammern. Casanova war nicht nur ein großer Liebhaber und Verführer, sondern auch Spieler, Freimaurer, Geheimagent, Okkultist und Kabbalist. Er gehörte der Sekte der Rosenkreuzer an, knöpfte leichtgläubigen Leuten Geld ab, war stets hochverschuldet und in allerlei dubiose Geschäfte verwickelt. Häufig war er auf der Flucht. Warum genau die Inquisition auf ihn aufmerksam wurde und ihn im Juni 1755 verhaften ließ, ist nicht bekannt. Die Bleikammern befanden sich im Dachgeschoß des Dogenpalastes und galten als das sicherste Gefängnis der damaligen Welt. Niemand hatte es je geschafft, hier auszubrechen. Casanova gelang es, eine Eisenstange in seine Zelle zu bringen, die er mit einem Stein schliff, so daß sie spitz wurde. Damit bohrte er ein Loch in den Fußboden, wurde aber, kurz bevor er fliehen konnte, plötzlich in eine andere Zelle verlegt. Die Arbeit von Monaten war umsonst, aber er schaffte es, die Eisenstange zu behalten und zu verstecken. Seine Zelle wurde nun aufmerksam überwacht. Es gelang ihm, mit dem Mönch in der Zelle nebenan zu kommunizieren und diesem die Eisenstange zukommen zu lassen. Der Mönch bohrte ein Loch in die Decke seiner Zelle, die er vorher mit heiligen Bildern verhängt hatte, und bohrte dann von oben ein Loch in Casanovas Zelle. Sie flohen gemeinsam auf waghalsige und akrobatische Weise am 31. Oktober 1756 über die Dächer. Dann setzten sie mit einer Gondel auf das Festland über und verließen eiligst die Republik Venedig. Casanova prahlte an den Höfen von ganz Europa mit dieser Geschichte. Später, als er alt und arm war, unbedingt aber wieder in Venedig leben wollte, wurde er selbst ein Spitzel der Inquisition. Die Geschichte seiner Flucht veröffentlichte er zum ersten Mal 1787 in Prag. Das Buch mit der berühmten Flucht aus den Bleikammern wollte jeder lesen, und es wurde immer wieder nachgedruckt.

Bloomsbury • »Wir waren entschlossen, ohne Damastservietten auszukommen«, schrieb Virginia Woolf, als sie 1904 mit ihren Geschwistern Vanessa, Adrian und Thoby in das Londoner Viertel nördlich der Oxford Street zog. Alle waren Anfang Zwanzig und rebellierten gegen das großbürgerlich-intellektuelle Milieu, aus dem sie stammten. Der Stadtteil Bloomsbury war eine weniger gute Adresse als das vornehme Kensington, in dem sie bis zum Tod des Vaters gelebt hatten. 1904 war es ungewöhnlich, daß junge Leute so ganz ohne Autoritätsperson zusammenwohnten. Die Brüder hatten in Cambridge studiert, und aus diesem Cambridger Studentenkreis bildete sich die Bloomsbury Group. Eine Gruppe von Intellektuellen und Künstlern, die sowohl in der Literatur als auch in der Kunst in den zwanziger und dreißiger Jahren in England zur Avantgarde gehörte. Weitere Mitglieder waren außer Virginia und Leonard Woolf und der Malerin Vanessa Bell auch der Schriftsteller E.M. Forster und der Ökonom John Maynard Keynes. Die meisten waren homosexuell, sie standen politisch links, viele waren Pazifisten. Man diskutierte über Ideen und Überzeugungen, Wahrheit und Schönheit. Die meisten blieben ihr Leben lang befreundet.

BRASILIEN • Stefan Zweig war begeistert von dem schönen Land mit den netten Menschen, die ihn als Starautor behandelten. Brasilien schien ihm ein Paradies zu sein. Deshalb ging er auch dorthin ins Exil, als es in Europa für Juden und Intellektuelle immer gefährlicher wurde. Doch nach einiger Zeit fühlte er sich vereinsamt und ausgeschlossen, zu jüdischen Exilanten war man nicht ganz so nett wie zu berühmten Autoren, die auf einer Reise vorbeischauen. Er fand keinen Anschluß an die Intellektuellen- und Künstlerkreise. Zudem machte er sich zunehmend Sorgen um die politische Situation. Schon mit seiner ersten Frau Friderike wollte Stefan Zweig gemeinsam Selbstmord begehen, scheiterte bei ihr aber mit diesem Wunsch. Seine zweite Frau Lotte nahm sich mit ihm das Leben, in dem Land, das Stefan Zweig so geliebt hatte.

Bräunerhof • »Wie andere in den Park oder in den Wald, lief ich immer ins Kaffeehaus, um mich abzulenken und zu beruhigen, mein ganzes Leben.« Diese Worte legt Thomas Bernhard seinem Ich-Erzähler in *Holzfällen* in den Mund. Er selbst besuchte viele der Wiener Cafés regelmäßig, die auch in seinen Büchern eine Rolle spielen, denn wie er selbst sitzen seine Protagonisten im Café. Als sein Stammcafé gilt das Bräunerhof in der Spiegelgasse. In dem Treff von Künstlern, Studenten und Intellektuellen mit abgewetzten Plüschmöbeln und Spiegeln an den Wänden saß er zeitweise täglich und las einen Stapel Zeitungen. Beim Protagonisten in *Holzfällen* sind es der *Corriere de la Sera*, *Le Monde*, die *Neue Zürcher Zeitung* und die *Frankfurter Allgemeine*. Bernhards Zeitungsappetit war riesengroß, auch wenn ihn die Nachrichten aufregten.

Bretagne • Wer sucht nicht die leidenschaftliche Liebe, die ein Leben lang hält? Benoîte Groult zeigt in *Salz auf meiner Haut* eine solche Liebe. Die aus einer großbürgerlichen Familie stammende achtzehnjährige Pariserin George trifft in den Ferien in der Bretagne auf den Fischer Gauvain, einen dunkelhaarigen Kelten mit blauen Augen, muskulös, mit starken Armen und dem schwerfälligen Gang eines Seemanns. Es funkt zwischen ihnen, als sie bei Mondschein schwimmen gehen. Gemeinsamkeiten haben sie keine, sie stammen aus unterschiedlichen Welten. Beide heiraten andere Partner, treffen sich aber ihr Leben lang immer wieder auf exotischen, heißen Inseln, auf denen sie einige Wochen lang wunderbaren, leidenschaftlichen Sex haben, um dann jeder in seine Welt zurückzukehren. Benoîte Groult gibt zu, daß es ein reales Vorbild für Gauvin gibt. Allerdings ist ihr Gauvin kein bretonischer Fischer, sondern ein amerikanischer Fliegerpilot deutsch-jüdischer Herkunft, der nach dem Krieg in Frankreich stationiert war, der Sohn eines Metzgers aus einem kleinen Ort in Pennsylvania. Boote und das Fischen haben im Leben der Schriftstellerin immer eine große Rolle gespielt. Schon als Kind begleitete sie ihren Großvater in der Bretagne auf seinem Fischkutter. Fischen ist ihre Lieblingsbeschäftigung, und auch im hohen Alter fährt sie noch mit ihrem Boot aufs Meer hinaus.

Brideshead • Beim Studium in Oxford lernt Charles Ryder den schönen Lord Sebastian Flyte kennen, dessen Familie seit Jahrhunderten auf Brideshead Castle lebt. Das prächtige Anwesen liegt in einem Tal an einem Fluß. Vor dem Haus plätschert ein Springbrunnen. Doch die von Evelyn Waugh geliebte Welt des Adels geht ihrem Ende entgegen. Das Empire zerbricht. Lord und Lady Marchmain, Sebastians Eltern, leben schon lange getrennt. Sebastian wird zum Alkoholiker, seine schöne Schwester Julia führt eine unglückliche Ehe, Lord Brideshead, der Bruder und Erbe, ist ein Langweiler. Evelyn Waugh schrieb *Wiedersehen mit Brideshead* während des zweiten Weltkriegs, als alles rationiert und das Leben schäbig war. In seinem Roman jedoch läßt er noch einmal die goldenen zwanziger Jahre und das alte England aufleben: Bälle, guter Wein, Reisen nach Italien und Frankreich, luxuriöse Atlantiküberquerungen und Ausflüge im Zweisitzer.

Brokeback Mountain • Auf der Sommerweide oberhalb der Baumgrenze teilen Ennis del Mar und Jack Twist den Berg einen ganzen Sommer lang nur mit einer Herde Schafe, den Hunden und ihren Pferden. Beide sind Rauhbeine, Jungs vom Land, gewöhnt an harte Arbeit und Entbehrungen. Ennis ist verlobt, und auch Jack fühlt sich nicht schwul im Wyoming der sechziger Jahre. Abends sitzen sie am Lagerfeuer, rauchen und reden über Rodeos, Pferde und Schlägereien. Bald funkt es zwischen den beiden, und fortan verbringen sie ihre Nächte gemeinsam im Zelt. Im Herbst gehen sie getrennte Wege, weil sie sich nicht eingestehen, daß sie gerne zusammenbleiben würden. Erst vier Jahre später, als beide verheiratet sind und Kinder haben, kommt es zum Wiedersehen und zur Einsicht, daß sie füreinander die große Liebe sind. Zwanzig Jahre lang treffen sie sich zu gelegentlichen Angelausflügen, bei denen nie geangelt wird. Annie E. Proulx läßt die beiden ihre große, aber geheimgehaltene Liebe bis zum Tod von Jack erleben, dessen letzter Wunsch es ist, daß seine Asche auf dem Brokeback Mountain verstreut wird.

BUCKOW • Für Bertolt Brecht war das Sommerhaus am See »friedlich und langweilig genug für die Arbeit«. 1952 steckte er das Geld, das er für den Nationalpreis bekommen hatte, in sein Haus am Scharmützelsee in der Märkischen Schweiz und verbrachte fortan den Sommer mit Helene Weigel in der idyllischen Landschaft. Mit Blick auf den See und eigenem Bootssteg. Brecht arbeitete im Gärtnerhaus, Helene Weigel empfing in der »Eisernen Villa« Gäste und bekochte sie. Entstanden sind hier die *Buckower Elegien*.

BULLERBÜ • Es gibt nur drei Höfe in Bullerbü. Auf dem Südhof wohnt Ole, auf dem Mittelhof wohnen Lisa, Lasse und Bosse und auf dem Nordhof Britta und Inga. Außerdem leben natürlich die Eltern, die Mägde und Knechte, der Großvater von Inga und Britta, Oles Hund, Hühner, Katzen, Kühe und Pferde hier. Die Erzählerin Lisa ist sieben. Die Kinder aus Bullerbü müssen zur Schule den langen Weg ins benachbarte Storbü laufen, wo alle Kinder im selben Klassenzimmer von Fräulein Lundgren unterrichtet werden. Der Weg nach Storbü führt durch den Wald, im Winter kann man die Abhänge auf dem Schlitten herunterfahren. Bullerbü ist umgeben von Wiesen mit Glockenblumen. Auf den Waldseen laufen die Kinder im Winter Schlittschuh, im Sommer rudern sie zur Insel oder schwimmen bei der Badeklippe. Die Kinder von Bullerbü leben in einer altmodischen, geselligen Idylle. Im Sommer erleben sie Abenteuer wie in der Scheune übernachten oder den Müller Johann in der Mühle besuchen, im Winter backen sie Weihnachtsgebäck. »Wir haben morgens, mittags und abends gespielt«, sagte Astrid Lindgren über ihre eigene Kindheit. Vorbild für Bullerbü ist ein Dorf mit drei roten Holzhäusern in der Nähe von Vimmerby, dort, im kleinen Sevedstorp, wuchs Astrid Lindgrens Vater auf.

Cannery Row – Strasse der Ölsardinen Zwischen den Konservenfabriken von Monterey leben John Steinbecks liebenswürdige Exzentriker: Der geizige Krämer Lee Chong, bei dem man zwanzig Jahre alte Feuerwerkskörper kaufen kann, Dora und ihre Mädchen von der Flotten Flagge, der Doc, der in seinem Aquarium Meerestiere, Schwämme und Schlangen hält. Mr. und Mrs. Malloy sind in einen ausrangierten Heizkessel von Hediondo Konserven gezogen. Die auf dem Gelände gelagerten alten Röhren werden von Mr. Malloy als Schlafplätze vermietet. Im Palace-Logis, einer alten Lagerhalle, wohnen Mack und seine Freunde, die lieber feiern als zu arbeiten.

Casa di Giulietta • Das berühmteste Liebesdrama der Welt brauchte einen wirklichen Ort, damit Millionen Liebespaare aus aller Welt genau dort ihre Schwüre austauschen können, wo Romeo und Julia es taten. In Verona kann man den Balkon sehen, auf dem Julia auf Romeo wartete, und das Haus besichtigen, in dem sie angeblich wohnte – obwohl sie ja eine literarische Figur von Shakespeare ist und nichts darauf hindeutet, daß sie jemals wirklich gelebt hat, schon gar nicht in diesem Haus. Aber wenn doch, dann vermutlich in einem Haus, das so aussah wie die Casa di Giulietta. Und vielleicht hätte es auch einen Balkon gehabt.

Cataract Hotel • Von der Hotelterasse blickt man auf den Nil, auf dem sich Felukken mit weißen Segeln tummeln. Hier quartieren sich die vornehmen Touristen aus Europa und Amerika ein, bevor sie zu einer Schiffahrt nach Wadi Halfa aufbrechen. Bis es soweit ist, spielt man Tennis in der Hitze und trinkt Tee auf der Terrasse. Schon hier in Assuan bahnt sich das Unheil an, das Agatha Christies Detektiv Hercule Poirot später auf dem Nil beschäftigen wird. Simon Boyle und die reiche amerikanische Erbin Linnet sind hier auf ihrer Hochzeitsreise abgestiegen. Simons frühere rachsüchtige Verlobte Jacqueline de Belfort, die auch mit Linnet befreundet war, verfolgt die beiden, um ihnen die Reise zu verderben. Die Doyles versuchen Jacqueline loszuwerden, doch auch sie reist auf der »Karnak« den Nil hinauf. Bald nach der Besichtigung der mächtigen Tempel in Abu Simbel wird Linnet ermordet. Agatha Christie reiste 1933 selbst auf dem Nil und stieg dabei im Cataract Hotel in Assuan ab.

Championship Vinyl • Laufkundschaft hat Robs Plattenladen nicht, der in der ruhigen Straße im Londoner Stadtteil Holloway liegt. Erst am Samstag kommen die jungen Männer mit Lederjacken und John-Lennon-Brillen. Sie sind allesamt ernsthafte Plattensammler. Punk, Blues, Soul, Ska, Pop aus den Sechzigern verkauft ihnen Rob, der Besitzer von Championship Vinyl. Damit auch junge Männer aus Manchester und Birmingham an verzweifelt gesuchte Original-Frank-Zappa-Alben kommen, ist Rob im Versandgeschäft tätig. Der Laden sieht aus, wie man sich einen Plattenladen vorstellt: klein, unaufgeräumt und verraucht. Rob und seine Angestellten Dick und Barry reden nur über Musik und nehmen sich gegenseitig Kassetten auf. Kunden, die nach Stevie Wonder fragen, müssen damit rechnen, ausgelacht zu werden. Natürlich läuft der Laden nicht gut. Aber hier treffen Jungs ohne Freunde, die ihre Abende damit verbringen, ihre Plattensammlung neu zu sortieren, auf Gleichgesinnte. Auch der Autor von *High Fidelity*, Nick Hornby, ist als großer Musikfan bekannt.

CHAUTAUQUA • Während einer Motorradtour durch die USA hält Robert Pirsig eine Chautauqua ab, eine wandernde Sommerschule. Die Chautauqua ist eine Schule, die erbauen, unterhalten und den Verstand schärfen soll. Diese Bewegung der Erwachsenenbildung wurde 1874 am Lake Chautauqua im Bundesstaat New York gegründet. Bald schon wurden in ganz Amerika unabhängige Chautauquas gegründet, die Kultur und Bildung auch in die entlegensten Gebiete trugen. Die drei- bis siebentägigen Zelt-Chautauquas zogen von einer Stadt zur nächsten. Sie veranstalteten Vorträge und Diskussionen zu wissenschaftlichen, literarischen, politischen und moralischen Themen. Auf dem Höhepunkt der Bewegung zwischen 1905 und 1928 gab es etwa 1000 permanente und 10 000 wandernde Chautauquas. Dann mußten die Sommerschulen dem Rundfunk, dem Film und dem Fernsehen weichen. In *Zen und die Kunst ein Motorrad zu warten*, einem der größten Bestseller der siebziger Jahre, nennt Robert Pirsig seine Vorträge, sein tiefes Nachdenken über Qualität eine wandernde Chautauqua. Mit seinem Sohn Chris und seinen Freunden John und Sylvia unternimmt er eine Motorradtour von Minnesota zum Pazifik. Dabei möchte er über das reden, was ihm wichtig ist. Und zwar nicht auf die hektische Art, die man aus dem Fernsehen kennt, sondern auf die tiefe, langsame Weise der Chautauquas. Pirsigs Sommerschule wandert von der flachen Prärie über den Missouri ins Tal des Yellowstone und zu den Canyons der Rocky Mountains. Er philosophiert über die Einstellung zu den Dingen, an denen einem etwas liegt, über Technik und Mystik, über Rationalität und wie man sein Motorrad wartet. Er beschäftigt sich mit den klassischen Themen der Philosophie »Was ist gut?« und »Was ist schön?«. Obwohl das Philosophie-Establishment das Buch ignorierte oder ablehnte, wurde die Mischung aus Easy-Rider-Ballade und Sinnsuche zum meistverkauften Philosophiebuch aller Zeiten.

Cité des Dames • In einer Stadt nur für Frauen sollen all diejenigen leben, die in der Geschichte eine Rolle gespielt haben. Dieses neue Reich der Amazonen besteht aus Heldinnen der griechischen Sagen, antiken Gottheiten und Gestalten aus der Bibel. Christine de Pizan schrieb über mächtige Herrscherinnen, wie die Königin von Saba, mutige Heerführerinnen wie Semiramis, römische Schriftstellerinnen und griechische Philosophinnen. Auch liebende Frauen leben hier und Frauen, die sich – ganz im Gegensatz zu Männern – um Alte, Kranke und Kinder kümmern. Christine de Pizan gilt als die bedeutendste weltliche Schriftstellerin des Mittelalters. Ihr Hauptwerk *Die Stadt der Frauen* ist ein Lese- und Trostbuch für Frauen, das auch heute nach 600 Jahren erstaunlich aktuell ist. Christine de Pizan beabsichtigte, die Leistungen der Frauen ins rechte Licht zu rücken. Sie begann das Buch 1404 als Erwiderung auf das Werk eines Professors der Universität Lille, das Frauen verunglimpfte. Dieser sogenannte zweite Rosenroman vollzog einen Bruch mit der frauenverehrenden Minne des Mittelalters. Dagegen wehrte sich Christine, die zu diesem Zeitpunkt schon eine bekannte Schriftstellerin war. Sie war eine mutige Frau, die mit dem Schreiben den Lebensunterhalt für sich und ihre Familie verdiente. Streit war sie gewöhnt, und über den zweiten Rosenroman ärgerte sie sich so sehr, daß sie sich öffentlich mit der gesamten französischen Professorenschaft anlegte. Männer, die schlecht über Frauen reden, bezeichnete sie in ihrem Buch als »Greise voller Begehrlichkeit, aber ohne Kraft«. Aufgrund ihrer eigenen Gebrechlichkeit würden diese Männer dann Frauen schmähen. Der Streit um den Rosenroman gilt als erster Literaturstreit der Geschichte und als erste feministische Kontroverse.

City Lights • Die 1953 gegründete Buchhandlung war ein Treffpunkt der Beat Generation. Der Gründer Lawrence Ferlinghetti verkaufte und verlegte damals Bücher, an die sich sonst niemand herantraute. 1956 wurde er wegen Obszönität angeklagt, weil er *Howl* von Allen Ginsberg verlegt hatte, das später einer der populärsten Gedichtbände der USA wurde. Auch Jack Kerouac ging bei City Lights ein und aus und traf hier auf Neal Cassaday, das Vorbild für seinen Helden Dean Moriarty in *Unterwegs.* Lawrence Ferlinghetti bekommt auch heute noch Briefe von Leuten, die zehn Dollar schicken und sich entschuldigen, weil sie ihm 1957 als arme Studenten ein Buch geklaut haben. Immer noch repräsentiert die Buchhandlung Gegenkultur. Die Stadt San Francisco hat das Gebäude im Stadtteil North Beach inzwischen unter Denkmalschutz gestellt, um auf diese Weise zu würdigen, daß sich City Lights in den fünfziger Jahren für die Meinungsfreiheit in den USA stark gemacht hat.

COMBRAY • Die Madeleine, die Prousts Erzähler in den Tee taucht, gilt als das berühmteste Gebäck der Literatur. Beim Hineinbeißen verspürt er ein plötzliches Glücksgefühl, das er sich nur damit erklären kann, daß ihn die Madeleine an seine Kindheit in Combray erinnert. Sonntag morgens kam Tante Leonie in sein Zimmer, mit einer Madeleine, die in Lindenblütentee getaucht war. Die Madeleine ist der Geschmack von Combray, die kleine Stadt, die in Wirklichkeit Illiers heißt und bei Chartres liegt, ein provinzielles Paradies. Hier ist alles magisch und verzaubert: der Garten der Großmutter, die provinzielle Sprache und die geheimnisvollen Sitten, die schlecht gehauenen Pflastersteine, die gestärkte Serviette, der Kirchturm, der Spaziergang und die Weißdornhecke. Der Erzähler erinnert sich an den kleinen Salon im Haus von Tante Leonie, an das Eßzimmer, den Gartenweg, auf dem Monsieur Swann kommt, an die Seerosen auf der Vivonne. Alles ist schön und voller Bedeutung. *Auf der Suche nach der verlorenen Zeit* handelt vom Verrinnen der Zeit und vom Bewahren durch die Erinnerung. Virginia Woolf sagte über das mehrbändige Romanwerk, Proust habe das »ewig Flüchtige dingfest gemacht«. Zur Erinnerung an Proust nannte sich die Stadt Illiers, in der die Prousts seit Jahrhunderten ansässig waren, in den siebziger Jahren in Illiers-Combray um.

COMÉDIE HUMAINE • Honoré de Balzac lebte in zwei Welten: In der Wirklichkeit war er ein dicker Mann, der mit seiner Schwester und Mutter stritt und vor seinen Gläubigern und den Gerichtsvollziehern auf der Flucht war. Er arbeitete von 12 Uhr nachts bis 8 Uhr morgens, frühstückte eine Viertelstunde, dann arbeitete er weiter bis 5 Uhr nachmittags, aß zu Abend und legte sich schlafen. Er trank literweise schwarzen Kaffee, schrieb bis zu achtzehn Stunden jeden Tag und trug dabei eine Mönchskutte aus weißem Kaschmir. Nie gab er die Hoffnung auf, die wegen seiner Verschwendungssucht entstandenen Schulden irgendwie abtragen zu können: durch seine Produktivität, neue Geschäftsideen, die dann leider scheiterten, oder eine reiche Heirat. In der anderen Welt spielt sich die Comédie Humaine ab, die menschliche Komödie. Hier spielen seine 80 Romane und Novellen, die voneinander unabhängig sind, sich aber immer wieder um die selben Menschen drehen. Er erschuf eine ganze Welt, die für ihn manchmal realer war als die Wirklichkeit. »Wissen Sie schon, wen Félix de Vandernesse heiratet? Ein Fräulein de Granville. Das ist eine ausgezeichnete Partie«, soll er einmal zu einem Freund gesagt haben. Sein Personal besteht aus Herzoginnen und Kurtisanen, unter Napoleon geadelten Bankiers, Wucherern und kleinen Händlern, Fabrikanten in der Provinz, Verbrechern, Ärzten und Notaren, Journalisten und Schauspielerinnen, armen Verwandten und Dandys. Die verschiedenen Kreise von den ganz kleinen Leuten bis zu den alten aristokratischen Familien sind durch seine Figuren verwoben. Balzac konnte hier die Boudoirs der Herzoginnen mit all den Luxusgütern einrichten, die er sich nicht leisten konnte. Seine Protagonisten besitzen Gemäldesammlungen, wie er sie gerne gehabt hätte. Balzac schrieb über Ehrgeiz und Neid, Intrigen und Geschäftemachereien. Seine Helden kommen wie er aus der Provinz und wollen Paris erobern, treffen dabei aber auf Zyniker, Habgierige und vom Leben Enttäuschte. Und verlieren selbst schnell all ihre Illusionen. Balzac lebte mit seinen Figuren. Er genoß ihren Reichtum, erfreute sich an ihrer Schönheit und litt mit ihnen, wenn sie fielen. Sein Biograph André Maurois nannte ihn »den absoluten Herrn und Meister eines in ihm lebenden Volkes«.

COPACABANA • Nur zwei Straßen trennen das Polizeirevier in Copacabana vom berühmtesten aller weißen Strände in Rio de Janeiro. Luiz Alfredo Garcia-Roza läßt seinen Kommissar Espinosa oft auf das blaue Meer mit den kleinen Inseln vor der Küste blicken, wenn er über seine Fälle sinniert. Er unternimmt Strandspaziergänge mit Verdächtigen und kehrt in die zahlreichen Restaurants des belebten Viertels ein. Dem überzeugten Großstädter sind die zwischen Bergen und Meer liegenden Hochhäuser, Hotels und Bars gerade recht. Manchmal wird er zynisch, weiß er doch, daß seine Aufgabe im Revier nicht darin besteht, die Kriminalität zu bekämpfen, sondern die Reichen in Copacabana vor den Menschen aus den armen Vierteln Rio de Janeiros zu schützen. Geht er an Sonntagen ins Revier, sind alle unterwegs zum Strand, bepackt mit Sonnenschirmen, Strandmatten, Schwimmtieren und Bällen. Dann ist die Welt wunderbar.

Corunna Downs Farm • Fragten die Klassenkameraden in Perth, woher die Familie von Sally Morgan stamme, dann antwortete sie: aus Indien. Denn das behauptete ihre Mutter. Die Morgans waren dunkelhäutiger als die weißen Australier, was in den sechziger Jahren erklärungsbedürftig war. Als der Bruder ihrer Großmutter mit seiner Familie zu Besuch kam, wunderte sich Sally, daß niemand »indisch«, sondern alle englisch sprachen. Mit fünfzehn fiel ihr plötzlich auf, daß ihre Großmutter schwarz war. Immer noch beharrte die Mutter darauf, die Großmutter sei mit dem Schiff aus Indien gekommen. Erst als sie schon einundzwanzig war, gab ihre Mutter zu, daß sie von australischen Ureinwohnern abstammten. Aber noch immer wurde die Familiengeschichte verschwiegen. Sallys Mutter wußte nicht, wer ihr Vater war, nur, daß er weiß war. Die Großmutter redete nicht über ihre Vergangenheit, aber irgendwann gegen Ende der sechziger Jahre begann sie, sich mit schwarzen Amerikanern, Afrikanern und Südasiaten zu identifizieren, die sie im Fernsehen sah, und von »unseren Leuten« zu reden. Sally Morgan machte sich auf die Suche nach ihrer Geschichte und ihrer Identität. Der Bruder der Großmutter erzählte von seiner Kindheit auf der Schaffarm Corunna Downs im Nordwesten Australiens. Dort lebte der Clan ihrer Großmutter. Als Kinder suchten sie nach Eidechsen, während ihr Onkel Regen machte. Sally Morgan fuhr mit Ehemann, Kindern und Mutter nach Corunna Downs, um die bisher tabuisierte Geschichte ihrer Familie auszugraben. Tatsächlich stieß die immer weißer gewordene Familie nun auf ihre schwarzen Verwandten, die die verloren Geglaubten begeistert in die Arme schlossen. Sally Morgan hat nun eine große Familie und eine Geschichte, die sie in *Ich hörte den Vogel rufen* erzählt.

CÔTE D'AZUR • Die bezaubernde weiße Villa liegt abseits auf einem Felsvorsprung, der ins Meer hineinragt. Ein Fichtenwald verbirgt sie von der Straße. Zu einer kleine Bucht schlängelt sich ein Ziegenpfad hinunter. Die siebzehnjährige Cécile macht mit ihrem Vater Raymond und seiner Geliebten Elsa Urlaub in Südfrankreich. Sie döst am Strand, schwimmt und beobachtet, wie der gutaussehende Cyril mit seinem Segelboot genau vor ihrer Bucht kentert. Die Nächte verbringen sie bald tanzend in Cannes und Saint-Tropez. Dann verliebt sich ihr Vater in die ernsthafte Anne, und Cécile sieht ihren Lebensstil bedroht. Statt Liebe, Meer, Sonne, Gelächter und Cabriofahren soll es nun um ihr Examen gehen. Morgens soll sie ein richtiges Frühstück zu sich nehmen statt der gewohnten Tasse Kaffee. Weil Cécile das unruhige und bewegte Leben weiterführen will, intrigiert sie gegen Anne, bis diese Selbstmord begeht. Dieses Ereignis verursacht bei Cécile eine kleine Tristesse. Françoise Sagan wurde mit *Bonjour Tristesse* mit neunzehn berühmt. Sie sagte selbst, daß das Buch nicht autobiographisch sei, wurde aber sehr schnell durch ihre Abenteuer zur Verkörperung ihrer Romanfigur. Weil ihr Vater sie warnte, daß frühverdienter Reichtum gefährlich sei, gab sie ihr Geld schnell wieder aus. Sie lud ihre Freunde in ein kleines Fischerdorf an der Côte d'Azur ein und erfand damit Saint-Tropez als Wallfahrtsort der Schönen, Reichen und Jungen. Drogen, Glücksspiel, Männer und Autos waren außer ihren Romanen der Mittelpunkt von Françoise Sagans Welt.

DHUR EL-SHWEIR • Jedes Jahr fuhr der palästinensisch-amerikanische Intellektuelle Edward Said als Kind mit seinen Eltern in die Sommerfrische im Libanon. Eine Karawane aus drei Autos brachte die in Kairo ansässige Familie mitsamt zwei Dienstmädchen und dem Koch zum Bahnhof, von wo aus man den Schlafwagen bis Haifa nahm. Dort warten zwei siebensitzige Taxis der Firma el-Alamein, die die Saids auf steilen und gefährlichen Straßen ins libanesische Bergdorf Dhur el-Shweir bringen. Die Gegend ist karg und wasserarm, aber es weht ein kühler Wind in den Bergen des mittleren Libanon. Die Saids bewohnen das zweite Stockwerk eines Hauses am Hang. Edwards Vater besteht jeweils darauf, daß die Familie hier ein ganz anderes Leben führt als in Kairo. Man richtet sich absichtlich bescheiden und ländlich ein, besitzt zuerst kein Radio und kein Telefon. Daß man die Wohnung nur mietet und nicht gleich kauft, ist eine weitere Gegenmaßnahme des Vaters zum Kairoer Luxusleben. 1953 bekommt Edward ein Spinett, das aber nicht im Wohnzimmer stehen darf, weil der Vater fürchtet, das könne zu zivilisiert wirken. Für Walid Said, den begüterten Geschäftsmann aus Kairo, bedeuten die drei Urlaubsmonate, daß er nichts mit dem Büro und den Angestellten zu tun hat. In Freizeithemd und Khakihosen geht er jeden Morgen die enge Dorfstraße hinunter zum Laden von Nicola Tourmas, trinkt dort ein Täßchen türkischen Kaffee und bestellt Unmengen von Lebensmitteln. »5 Kilo von diesem und jenem, 2 Wassermelonen, 1 Kilo Feigen, 3 Pfund

Käse«, so erinnert sich Edward Said in seinen Memoiren *Am falschen Ort* an die täglichen Einkäufe des Vaters. Der Botenjunge, der diese Einkäufe bringt, muß sein Liefer-Dreirad den Berg hochschieben. Nach den Lebensmitteln kauft der Vater Drogerieartikel ein, die niemand braucht. Dann kommen der Metzger, der Kaffeehändler und die Apotheke, bevor er sich bis zum Mittagessen zum Bridgespielen niederläßt. Den ganzen Vormittag ist Edwards Mutter damit beschäftigt, die Botenjungen zu empfangen und Sachen zurückzuschicken. Ab und zu unternehmen Edward und der Vater eine mehrstündige Taxifahrt nach Beirut zur Banque de Syrie et du Liban und um all das einzukaufen, was es in Dhur el-Shweir nicht gibt. Sie müssen Träger anheuern, die all die geflochtenen Körbe, Teller und Tassen, Handtücher und Bettlaken und die 20 Kilosäcke mit Zucker oder Reis zum Taxi bringen.

DONAU • Patrick Leigh Fermor läßt die Donau zu einem geheimnisumwitterten Fluß voller Wunder, Mythen und abenteuerlicher Begebenheiten werden. Mit achtzehn macht er sich 1933 zu Fuß auf den Weg von Hoek van Holland nach Konstantinopel. Er übernachtet in Scheunen ebenso wie in Schlössern voller Hirschgeweihe. Auf gefrorenen Wiesen läuft er Schlittschuh und lauscht den in Lodenjacken und Lederhosen gekleideten Leuten, die ihm von Wandalen und

Nibelungen oder dem Niedergang des habsburgischen Reiches erzählen. Viele, die er trifft, tragen mehrere Titel und sind sehr freundlich. Er besichtigt verschneite Klöster und blickt von den Hängen auf im Frühnebel liegende Inseln. Ab und zu hört man das Geräusch von einer Säge oder einer Axt oder einen Gewehrschuß. Immer bekommt Patrick Leigh Fermor in einem »Goldenen Hirschen« oder einer »Weiße Rose« unter tief hinabgezogenen Dächern Brot und Käse, Kaffee und Himbeergeist, und da er arm ist, muß er fast nie zahlen.

DONNAFUGATA • Alles wird sich ändern, das weiß der Fürst von Salina, dessen Familie in ihrem Wappen einen Leoparden führt. Wehmütig hängt Don Fabrizio an der alten Ordnung, an Prunk und Glanz. Garibaldi landete 1860 mit seinen Truppen in Sizilien. Die Einigung Italiens stand kurz bevor. Doch als der Fürst auf die Güter seiner Familie nach Donnafugata im Landesinneren von Sizilien reist, ist erst mal alles beim alten. Die Honoratioren stehen bereit, um die fürstliche Familie zu empfangen, die Musikkapelle spielt, die Glocken läuten, und der Fürstin überreichen die Einwohner einen Blumenstrauß. Drei Innenhöfe, Säle mit Gobelins und ein Garten mit Springbrunnen, Statuen, Pinien und alten Eichen, so sieht der Palazzo aus. Wenn die Fensterläden des Palastes nicht gegen die Hitze geschlossen wären, könnte man die rings um die Stadt liegenden Berge sehen. Der Fürst muß aber schnell feststellen, daß sich Veränderungen abzeichnen. Die Welt des Adels und der Tradition geht unter. Nicht mehr er ist der größte Grundbesitzer der Gegend, der Bürgermeister ist inzwischen reicher als er. Dessen schöne Tochter Angelica heiratet bald den Neffen des *Leoparden*, der zwar einen Fürstentitel führt, aber verarmt ist. So verbindet sich das geldscheffelnde neureiche Bürgertum mit der untätigen, dem Alten nachtrauernden Aristokratie. Der Autor Giuseppe Tomasi di Lampedusa, wie sein Protagonist ein sizilianischer Fürst, verbrachte sein Leben aristokratisch untätig, bis er kurz vor seinem Tod den *Leoparden* schrieb, für den er mit dem italienischen Premio Strega ausgezeichnet wurde.

DRACULAS BURG • Eine mittelalterliche Burg, die auf einem Vorsprung an einer Felswand liegt. Der Abgrund unterhalb der Burg ist tief. Ein wilder, unheimlicher Ort in Transsylvanien. Fledermäuse schwirren um die Burg, der Wind pfeift, gleich wird es schneien. Das Geheul der Wölfe kommt näher. Bram Stoker selbst sagt nicht, wo Graf Dracula genau zu Hause ist. Aus seinen Beschreibungen geht jedoch hervor, daß die Burg in den Ostkarpaten liegt, also in Transsylvanien. Der englische Rechtsanwalt Jonathan Starker reist mit der Postkutsche von Bistritz über den Borgopass in die Karpaten, wo ihn der Graf in einer Kutsche mit schwarzen Pferden abholt.

Um dem Dracula-Tourismus eine Anlaufstelle zu geben, machte die rumänische Regierung in den siebziger Jahren einfach Burg Bran zum Wohnsitz des Vampirs. Bram Stoker war selbst nie in Rumänien. Auch der mittelalterliche Fürst Vlad Tepes Dracula, den Bram Stoker als Vorbild nahm, hat höchstens zwei Monate in Burg Bran gelebt. Aber die Burg ähnelt der, die Bram Stoker beschrieb. Eine mittelalterliche Burg mit Türmchen und Zinnen, die auf einem Felsen über dem Dorf thront.

DRINABRÜCKE • Der Großwesir Mehmed Pascha läßt bei der Stadt Višegrad eine Brücke über die Drina bauen. 1571 ist die steinerne Brücke mit den elf weitgespannten Bögen fertig. Nun sind Bosnien und Serbien mit allen anderen Teilen des Osmanischen Reichs verbunden. Auf der Brückenseite zur Stadt hin wird eine Karawanserei gebaut. Bald schon ist die 250 Schritt lange Brücke das Herz der Stadt. In der Mitte der Brücke sind auf beiden Seiten Terrassen. Die rechte Terrasse heißt »Sofa« und hat an der Brüstung entlangführende Sitzbänke. Dieses steinerne Sofa schwebt 15 Meter hoch über dem rauschenden Fluß, der von dunklen Bergen umgeben ist. Auf der rechten Terrasse hat sich der

Kaffeeverkäufer niedergelassen, mit seinem glühenden Kohlebecken, den Töpfen und Schälchen und dem Jungen, der den Leuten den Kaffee zum Sofa hinüberbringt. Auf den Terrassen werden Geschäfte abgeschlossen und Ratsversammlungen abgehalten. Studenten diskutieren über Politik, andere lesen Zeitung und trinken Raki. Hier starten Hochzeits- und Trauerzüge. Muslime, Christen und Juden kaufen Kirschen, Melonen und warme Brötchen und promenieren auf der Brücke. Nur die Zugewanderten sind häuslich und sparsam und halten sich fern von diesem geselligen Ort. Über Jahrhunderte findet das Leben der Stadt auf der Brücke statt. Bis sie durch die Eisenbahn ihre Bedeutung verliert und schließlich im ersten Weltkrieg zerstört wird. Ivo Andric, der aus Višegrad stammte, erzählt von dieser *Brücke über die Drina.* Er erhielt 1953 den Nobelpreis für Literatur.

DSCHUNGEL • Rudyard Kiplings *Dschungelbuch* spielt im Land seiner Geburt, Indien. Mowgli wird von einer Wolfsfamilie adoptiert und ins Rudel aufgenommen. Seine besten Freunde sind Bagheera, der schwarze Panther, Baloo, der schläfrige Bär und der Felsenpython Kaa. Als Akela, der Führer des Wolfsrudels, alt wird, bedrängen ihnen die jungen Wölfe – aufgehetzt vom bösartigen Tiger Schir Khan –, sich gegen Mowgli, der ja kein richtiger Wolf ist, zu stellen.

Doch Akela hält zu Mowgli, ebenso wie seine drei Freunde und Vater und Mutter Wolf. Mit Unterstützung seiner Freunde besiegt Mowgli Schir Khan.

DUBLIN • Wohl keine andere Stadt wird so sehr mit einem Schriftsteller assoziiert wie Dublin mit James Joyce, der sich wünschte, man solle Dublin nach den akkuraten Beschreibungen im *Ulysses* zur Not neu errichten konnen. Die Vorbilder seiner Figuren sollen reale Dubliner gewesen sein. Joyce selbst verbrachte den größten Teil seines Lebens im Ausland. Zu den anderen großen Dubliner Schriftstellern gehören Oscar Wilde, Samuel Beckett, Dracula-Erfinder Bram Stoker, Gullivers-Reisen-Autor Jonathan Swift und George Bernard Shaw, dessen *Pygmalion* das Vorbild für das Musical *My fair lady* war.

DUISBURG • Für den großen niederländischen Kartographen Gerhard Mercator ist das idyllische Duisburg eine Oase der Freiheit. 1552 flüchtet er vor der Inquisition in den Niederlanden, die unter spanischer Herrschaft stehen, ins liberale deutsche Kleverland, wo Gedankenfreiheit herrscht. In John Vermeulens Roman *Zwischen Gott und der See*, der auf dem Leben Mercators beruht, ist Duisburg ein unprätentiöses Städtchen, bewohnt von Bauern und Handwerkern. Der Herzog ist ehrgeizig und läßt eine Schule bauen, an der Mercator Mathematik, Geometrie und Kosmographie unterrichtet. In der Salvatorkirche hält der Pfarrer sowohl den katholischen wie auch den evangelischen Gottesdienst ab. Es ist Usus, daß die Katholiken während des protestantischen Teils der Riten kurz hinausgehen und umgekehrt. In Duisburg entwickelt Mercator seine große Weltkarte, die so berechnet ist, daß die dreidimensionale Realität zum ersten Mal korrekt zweidimensional dargestellt wird. Er bringt den ersten Atlas heraus, der von ihm den Namen erhielt. Er nannte die gebündelte Landkartensammlung Atlas zu Ehren des großen etruskischen Gelehrten Atlas.

DUKLA • In Dukla passiert meistens nichts. Das Provinzstädtchen im Süden Polens, nahe der slowakischen Grenze, ist verschlafen und leer. »Eine Handvoll Straßen, eine Kirche, ein Kloster und die Grundmauern der Synagoge«, schreibt der polnische Autor Andrzej Stasiuk in seiner Liebeserklärung an die Provinz. Denn Dukla ist ein poetischer Ort, voller Geschichte, kleiner Ereignisse und Geheimnisse. Hier ereignen sich das Wetter, das Licht, die Jahreszeiten und die Natur. Hier kann man seinen Kindheits- und Jugenderinnerungen nachhängen. An einem Leichenzug nimmt die ganze Stadt teil, jedes slowakische Auto, jeder LKW ist ein Ereignis. Die Sonntagnachmittage sind von einer interessant intensiven Langeweile, es gibt ein Heimatmuseum im Schloß, und irgendwann kommt der Papst.

DUX (DUCHCOV) • Als alle seine Geschäfte schiefgelaufen waren, er hoch verschuldet war und sich zu alt fühlte, um weiter in der Welt herumzuziehen, traf Giacomo Casanova den Grafen Waldstein. Dieser bot ihm an, auf seinem Schloß in Nordböhmen als Bibliothekar zu arbeiten. Dux war ein provinzielles Nest, weit weg von der großen galanten Welt, und nur selten kam der Graf nach Hause, um dann Feste und Jagden zu veranstalten. Das Schloß war prächtig und hatte einen großen Park. Casanova verbrachte die letzten dreizehn Jahre vor seinem Tod hier und schrieb *Die Geschichte meines Lebens*, die als großes und authentisches Sittengemälde des 18. Jahrhunderts gilt. Er langweilte sich viel auf dem Schloß, stritt mit dem Personal und nörgelte an allem herum. Der Graf hatte Bücher aus der Bibliothek verliehen, ohne ihn zu informieren, die Hunde bellten zu laut, der Kaffee war nicht gut gekocht. Manchmal floh er nach Prag oder Dresden, kehrte dann aber nach Dux zurück, wo der Graf all die von Casanova auf ihn ausgestellten Wechsel bezahlte und sich freute, daß der Freund wieder da war.

Edinburgh • Ian Rankins Edinburgh ist eine unkorrumpierbare Stadt. Stolz steht sie zu ihren sozialen Brennpunkten, Baumärkten, Drogenabhängigen und schnell hochgezogenen Bürokomplexen. Denn hier ist John Rebus zu Hause, ein Polizist, der sich von seiner Freundin trennt, weil sie zum Abendessen Hummer serviert hat. Mit diesen bourgeoisen Sitten will er nichts zu tun haben. Ihn beeindrucken weder Geld noch Obrigkeit. Er ist ein Nonkonformist und ein einsamer Kämpfer für die Gerechtigkeit, der sich nicht unterkriegen läßt von den prassenden und protzenden Neureichen, die es auch in seiner Stadt immer wilder treiben und die es zu bekämpfen gilt.

Eisscholle • Bei der Jagd nach einer Robbe wird der tschuktschenische Jäger Goigoi auf einer Eisscholle vom Ufer abgetrieben. Während sich die Eisscholle immer weiter von der Küste entfernt, ernährt sich Goigoi von den erlegten Tieren, wärmt sich mit den Fellen und denkt dabei an seine Frau Tin-Tin. Er wartet darauf, daß der Wind dreht, damit das Eis rechtzeitig wieder in Richtung sibirisches Festland treibt, bevor es schmilzt. Wer einmal aufs Meer treibt, der verwandelt sich in einen *Teryky,* ein fellbewachsenes Ungeheuer, das besagt die Legende. Aber Goigoi will lieber zum Untier werden, als daß er seine Frau Tin-Tin nicht wiedersieht. Autor Juri

Rytchëu sorgt dafür, daß die Eisscholle hält und der Jäger zurück ans Ufer kommt.

ENGLAND • Erst geht ihr Vater Winston ins »Mutterland«, dann ihre Mutter Sonia. *Gwendolen* muß in Jamaika bleiben und ihrer Großmutter auf der Bienenfarm helfen. Aber bald werden ihre Eltern auch sie nachkommen lassen in das graugrüne Land, wo alle reich sind, schöne Kleider tragen und feine Manieren haben. In Jamaica dagegen gibt es keine Arbeit. 1970 ist es endlich soweit. Gwendolen ist inzwischen 12 und hat in England drei Geschwister. Man holt sie, damit sie ihre berufstätige Mutter entlasten kann. Sonia ist Tagesmutter, Winston arbeitet auf einer Baustelle. Sie sparen, so viel sie können, und wohnen in einer Zweizimmerwohnung. Als Rentner wollen sie in Frieden und Luxus in Jamaika leben. Gwendolen versteht das Englisch der Engländer nicht, in der Schule kommt sie nicht mit, weil sie vorher nie eine Schule besucht hat. Schon vor dem Unterricht muß sie morgens die Betten machen, ihre Brüder waschen, Brei kochen und das Zimmer für die Babys wischen. Sie hat keine Zeit zum Lernen und gilt bald in der Schule als Problemfall. Ihre Eltern kommen nicht zum Elternabend oder zum Tag der offenen Tür. Sie verstehen den Sinn nicht und sind auch viel zu erschöpft. Die nigerianische Autorin Buchi Emecheta folgte selbst achtzehnjährig ihrem Mann nach England, wo sie fünf Kinder aufzog und nebenbei ihren Abschluß in Soziologie machte.

FIRMA • Einige Monate läßt John Grisham den jungen Harvard-Absolventen Mitch McDeere den großen 80er-Jahre-Yuppietraum erleben. Nach dem Jura-Examen fängt Mitch bei der exklusiven, auf Steuerfragen spezialisierten Kanzlei Bendini, Lambert & Locke in Memphis, Tennessee an. Anfangs scheint die Firma ein Paradies für den ehrgeizigen Workaholic zu sein. Das Gehalt ist viel höher als bei vergleichbaren Unternehmen in New York oder Chicago, seine Schulden aus dem Studium tilgt die Firma, er erhält ein günstiges Darlehen für ein Haus und einen Firmen-BMW. Mitch beginnt seine Arbeitstage morgens um halb sechs und beendet sie nachts gegen halb zwölf, manchmal verbringt er auch die ganze Nacht im Büro. Mittags ißt er sein Sandwich am Schreibtisch oder geht in ein Restaurant, wo er beim Essen Akten lesen kann. Kein anderer Anwalt der Firma kann den Klienten so viele Stunden in Rechnung stellen wie Mitch. Doch langsam dämmert ihm, daß einiges komisch ist an seinem Arbeitgeber. Zu viele Anwälte sind schon bei mysteriösen Unfällen ums Leben gekommen. Dann kontaktiert ihn das FBI, und Mitch merkt, daß er überwacht wird. Die Traumfirma wird zum Alptraum.

Flandern • Im 16. Jahrhundert stehen die Niederlande unter spanischer Herrschaft. Die Scheiterhaufen mit den von der Inquisition Verurteilten brennen. Thyl Ulenspiegel aus dem kleinen flandrischen Ort Damme in der Nähe von Brügge wird zum Freiheitskämpfer, als sein Vater als Ketzer hingerichtet wird. Er schließt sich den Geuzen an, den Widerstandskämpfern, die gegen den Herzog von Alba und die spanische Herrschaft aufbegehren. Doch Ulenspiegel spielt auch hier seine Streiche und erlebt romantische Momente mit seiner Gefährtin Nele, während die Karpfen tanzend aus dem Wasser der Kanäle springen und die Bauern Heu ernten. Charles de Coster sah *Die Geschichte von Ulenspiegel und Lamme Goedzak* als das Nationalepos Belgiens. Gemeinsam mit seinem dicken Freund Lamme durchzieht Ulenspiegel das flandrische Land, mutig und unbesiegbar, als Todfeind der räuberischen Tyrannen, der fremden Okkupanten. Ein Rächer, der für die Freiheit streitet.

Flore • In den vierziger Jahren wurde das Café de Flore zum Stammcafé von Jean-Paul Sartre und Simone de Beauvoir. Laut de Beauvoir war es ein Café mit einer antifaschistischen Haltung, in das sich die deutschen Besatzer nicht hineintrauten. Simone de Beauvoir verbrachte ihre gesamte Zeit im Flore. Sie kam im Winter gleich morgens um acht, wenn das Café öffnete, um einen Platz neben dem warmen Ofenrohr zu ergattern. An einem der Marmortische las und schrieb sie. Im Laufe des Vormittags füllte sich das Café, Picasso und Dora Maar schauten dann oft vorbei. Auch Ernest Hemingway, Antoine de Saint-Exupéry und Albert Camus kehrten hier ein. Zum Mittagessen ging Simone de Beauvoir in ihr Hotel, danach begab sie sich wieder auf ihren Platz im Flore. Das Abendessen nahm sie wiederum nicht in dem Café ein, kehrte dann aber zurück und blieb mit Sartre und ihren Freunden so lange, bis geschlossen wurde. Das Flore gilt als Herz der existentialistischen Bewegung.

FONTENAY-AUX-ROSES • Der letzte Nachfahre der Des Esseintes ist ein bläßlicher und anämischer junger Mann, den die Gesellschaft anderer Menschen nervös macht. Herzog Jean Des Esseintes verkauft sein Schloß und seine Pariser Wohnung, um vor die Tore von Paris zu ziehen, wo er ganz für sich sein kann. In dem abseits gelegenen Haus im kleinen Fontenay-aux-Roses möchte er sich ganz der Einrichtung seines Heims widmen und sich mit seinen Sammlungen beschäftigen, den Parfüms, den Likören, den Bildern und den Büchern. Die Bibliothek enthält vor allem lateinische Bücher aus der Zeit der römischen

Dekadenz. Außerdem katholische Werke aus dem 19. Jahrhundert. Und Gedichte. Die Wände dieses Raums sind mit Maroquinleder aus fiebrigem Orange bekleidet, die Decke leuchtet blau wie der Himmel. Auf dem Parkett liegen Felle von wilden Tieren. Um einen Geldwechslertisch aus dem 15. Jahrhundert gruppiert er tiefe Sessel und ein altes schmiedeeisernes Kirchenpult. Das Speisezimmer gleicht der Kabine eines Schiffes. Es ist holzverkleidet und hat Luken. An den Wänden hängen Schiffahrpläne. Netze, ein kleiner Anker und ein Sextant dekorieren die Kabine. Denn Des Esseintes glaubt, daß man eine Forschungsreise genausogut unternehmen kann, wenn man vor dem Kamin sitzt. Man braucht nur ein bißchen Phantasie. Wirkliches Reisen liegt seinen überspannten Nerven nicht. Das Schlafzimmer richtet er wie eine Mönchszelle ein. Nur behaglicher. Denn die Ockertünche der Wände wird mit safrangelber Seide simuliert, die Decke mit Rohseide bespannt, und der Fußboden bekommt einen Teppich, dessen rote Vierecke wie ein Steinboden wirken. Dazu stellt er ein kleines eisernes Bett und ein antikes Betpult, das als Nachttisch dient, ins Zimmer. Doch Des Esseintes wird aus seinem dekadenten Paradies vertrieben, seine Nerven werden immer überreizter und kränker. Die Ärzte raten ihm, wieder unter Menschen zu gehen, und er muß zurück nach Paris. *Gegen den Strich* von Joris-Karl Huymans ist bekannt als das Werk, das in Oscar Wildes *Das Bildnis des Dorian Gray* erwähnt wird als »Es war das seltsamste Buch, das er je gelesen hatte. Ihm war, als zögen alle Laster der Welt, kostbar gekleidet und von feiner Flötenmusik begleitet, in stummem Spiel an ihm vorüber.«

FRIEDHOF DER VERGESSENEN BÜCHER • Als Daniel zehn Jahre alt ist, darf er seinen Vater zum Friedhof der Vergessenen Bücher begleiten. Im Morgengrauen gelangen sie zu einem alten Barockpalast in einer kleinen Seitenstraße von Barcelona. Ein Mann mit dem Gesicht eines Raubvogels öffnet das schwere Holztor. In einem großen kathedralenartigen Raum befindet sich – laut Autor Carlos Ruiz Zafón – die geheime Bibliothek, die nur Antiquare kennen. Treppen, Tunnel, Gänge, Plattformen und Brücken lassen sie wie einen Bienenstock aussehen, der vor Büchern überquillt. An diesen verzauberten Ort geht man nur in der Dämmerung. Daniel darf eines der vergessenen Bücher adoptieren, denn alle Bücher haben eine Seele und warten hier in der Bibliothek darauf, daß sie wieder gelesen werden. Daniel sucht sich ein in weinrotes Leder gebundenes Werk mit goldenen Lettern aus: *Die Schatten des Windes* von Julián Cax. Daniel liest das Buch mit Begeisterung und begibt sich auf die abenteuerliche Suche nach dem Autor, den niemand zu kennen scheint.

GAI ONI • Bei einem Pogrom wird Fanja Mandelstamms Familie ermordet. Mit ihrem Onkel Schura wandert Fanja 1882 nach Palästina aus. Dort trifft sie den Siedler Jechiel Siles, der eine Mutter für seine beiden kleinen Kinder sucht, nachdem seine Frau an Malaria gestorben ist. Fanja und Jechiel heiraten. Seit zwei Jahren hat es nicht mehr geregnet in Galiläa. Von den ursprünglich siebzehn jüdischen Familien in Gai Oni sind nur noch drei da. Zehn einstöckige Häuser aus schwärzlichem Stein mit Schlamm verkittet. Drum herum Disteln und Unkraut. Das Tal umgeben kahle Berge mit vereinzelten Olivenbäumen und Pistazien. Man spricht Arabisch, Hebräisch und Jiddisch. Fanja, die aus einer begüterten Familie stammt, kann Klavier spielen und Englisch. Jetzt muß sie sich an das harte Leben gewöhnen. Das Wasser wird in Eimern vom Bach geholt, in dem die Fellachen und Beduinen ihre Schafe und Ziegen tränken. Die Felder, auf denen es vor Schlangen und Skorpionen wimmelt, müssen von Steinen frei geräumt werden. Gegen Überfälle schützt sich Fanja mit einer Pistole, die sie an ihrem Unterrock befestigt hat. Trotz der harten Aufbauarbeit und des Hungers und obwohl es auch im dritten Jahr nicht regnet, liebt Fanja Gai Oni, das ihr nach dem erlittenen Pogrom ihre Selbstachtung zurückgegeben hat. Mit unermüdlichem Arbeitseinsatz und unter vielen Entbehrungen kämpft Shulamid Lapids

Heldin für ihr neues Leben als Bäuerin *Im fernen Land der Verheißung.*

GALAXIS • Als die Erde von Vogonen gesprengt wird, weil sie einer neu geplanten Weltraum-Autobahn im Weg sein würde, kann sich Arthur Dent zusammen mit seinem Freund Ford Perfect an Bord des Raumschiffes retten, das die Zerstörungsaktion durchführt. Ford stammt ursprünglich vom Planeten Beteigeuze und schreibt an einer Neuauflage des Ratgebers *Per Anhalter durch die Galaxis.* Die bösartigen Vogonen schmeißen Arthur und Ford mitten im Weltraum aus ihrem Raumschiff, zum Glück kommt aber gerade der Präsident des Galaktischen Imperiums Zaphod Beeblebrox in der »Herz aus Gold« vorbei. Arthur lernt zum ersten Mal depressive Roboter kennen, gutgelaunte Computer und weiße Mäuse, die die heimlichen Herren der Erde waren, aber ihr Experiment mit den Erdbewohnern nicht zu Ende führen konnten. Denn die Erdbewohner sollten Auskunft geben, wie die richtig formulierte Frage nach dem Sinn des Lebens lautet. Der Computer Deep Thought hat siebeneinhalb Millionen Jahre lang über die Antwort auf die Frage nachgedacht. Die Antwort lautet: 42. Aber die Frage war zu ungenau definiert, und um sie besser zu formulieren, braucht man nun Arthur.

Gallisches Dorf • Im Jahr 50 vor Christus ist ganz Gallien von den Römern besetzt. Ganz Gallien? Nein, ein kleines Dorf am Meer in der heutigen Bretagne leistet Widerstand. Das Leben der liebenswürdigen Einwohner, deren einzige Angst ist, daß ihnen der Himmel auf den Kopf fallen könnte, verläuft friedlich. Asterix, sein Freund, der Hinkelsteinproduzent Obelix, und dessen kleiner Hund Idefix jagen im Wald Wildschweine, Häuptling Majestix streitet mit seinen Schildträgern, während Druide Miraculix den Zaubertrank braut, der den Einwohnern übermenschliche Kräfte verleiht. Auf die Schlachten mit den umliegenden römischen Legionen freut sich das ganze Dorf. Auch andere Prügeleien läßt sich hier niemand entgehen, ebensowenig wie Feste. Vor dem Fischgeschäft von Verleihnix stehen die Damen des Dorfes Schlange. An erster Stelle Gutemine, die Frau des Häuptlings. Jeder Anlaß ist ihnen recht, um nach einem Fisch zu greifen und ihn der nächstbesten ins Gesicht zu hauen. Der Dorfbarde Troubadix verbringt seine Zeit gefesselt und geknebelt, damit er auf keinen Fall singt. Methusalix, der Dorfälteste, geht am Stock und läßt trotzdem keine Prügelei aus.

Galts Schlucht • In einem unzugänglichen Tal in den Rocky Mountains leben Unternehmer und Erfinder, die aus der amerikanischen Gesellschaft ausgestiegen sind, weil diese sie daran hindern will, die Früchte ihre Tüchtigkeit und Genialität zu ernten. Das Wahrzeichen des Tals ist ein großes Dollarzeichen. John Galt ist der Anführer einer Guerillabewegung, die den Zusammenbruch des Landes betreibt, um darauf endlich die wahre kapitalistische Gesellschaft aufzubauen, in der Umverteiler, Bürokraten, Gewerkschafter, Nächstenliebe Predigende und Schmarotzer nichts mehr zu sagen haben. Ehe sie sich bevormunden lassen, zerstören sie lieber ihre eigenen Firmen. Amerika versinkt im Chaos, nur in Galts Schlucht in Colorado, wohin die fähigsten Köpfe ausgewandert sind, erblüht die Technik, werden neue Sinfonien komponiert und neue Geschäfte aufgezogen. Hier leben sie das freie Unternehmertum, hier gelten Gier und Ehrgeiz als Tugend. Privateigentum ist heilig. Niemand macht auch nur einen Handschlag unentgeltlich. *Wer ist John Galt?* war in den USA ein Bestseller, bei uns ist der Roman von Ayn Rand nahezu unbekannt. Laut einer Umfrage der Library of Congress in den neunziger Jahren war dort nur die Bibel populärer. Die Liebe der Autorin zum Kapitalismus und ihr Haß auf den Sozialismus erklärt sich zum Teil aus der Biographie der Autorin, die 1905 als Alissa Sinowjewna Rosenbaum als Tochter eines wohlhabenden St. Petersburger Kaufmanns geboren wurde und 1926 in die USA emigrierte. Ihr Hauptwerk *Wer ist John Galt?* (Original: *Atlas Shrugged*) erschien

1957, als die Sowjetunion noch als Bedrohung empfunden wurde.

GALMÖ • Während der Studentenproteste im Korea der achtziger Jahre versteckt sich Oh Hyunuh zusammen mit seiner Geliebten in einem Gartenhaus im kleine Dorf Galmö vor dem Regime. Hier ist er für kurze Zeit glücklich, und hierhin kehrt er zurück, nachdem er siebzehn Jahre im Gefängnis verbracht hat. Bevor seine Geliebte Han Yunhi starb, sagte sie ihrer Schwester: »Ich gehe nach Galmö. Du mußt Herrn Oh sagen, daß er dorthin kommen soll …« Das einst schmale Bergsträßchen ist nun zweispurig ausgebaut. Statt der Obstplantagen sieht man Fabriken und Neubaugebiete. Im Dorfkern haben Grillhäuser und Teestuben mit lauter Musik und Karaoke aufgemacht. Das kleine Hinterhaus zwischen den Bambuspflanzen und Quittenbäumen ist noch da. Oh zieht ein und liest die Tagebücher von Han Yunhi, die ihm mitteilen, wie ihr Leben verlief, aber auch was in der Welt geschah, die sich siebzehn Jahre ohne ihn weitergedrcht hat, so daß er nun Probleme hat, sich zurechtzufinden. Im Haus ist auf Yunhis Wunsch alles so geblieben, wie es war. Der Ofen wird noch mit Briketts geheizt, für Beleuchtung sorgen Kerzen. Oh wandert über den Hügel, um zu sehen, was dort liegt. Auf dem Kakibaum sitzt eine Elster. Am Bach schwanken Bambusrohre im Wind. Am

Fluß steht eine Mühle mit Strohdach. Ein Wasserfall stürzt tosend ins Tal. Aus den Tagebüchern der Geliebten läßt der Autor Hwang Sok-Yong, der ebenfalls jahrelang aus politischen Gründen im Gefängnis saß, seinen Protagonisten in *Der ferne Garten* erfahren, daß er eine schon siebzehnjährige Tochter hat.

GARTENHAUS • Das kleine schmutziggraue Haus war einst das Kutscher- oder Gärtnerhaus einer Patriziervilla, in der nun ein Industriekonzern seinen Hauptsitz aufgeschlagen hat. Das kleine Haus hat man ganz vergessen. Es liegt versteckt inmitten eines verwilderten Parks, in dem sich nie jemand aufhält. Hier richtet sich Paul Kornfelds Heldin Blanche Riedinger ein Atelier ein. Ein weltabgeschiedenes Nest, das sie mit Antiquitäten und frischen Blumen schmückt. Sie kauft Kissen und Aschenbecher. Immer wieder läuft sie herum und rückt alles zurecht. Den Garten läßt sie neu bepflanzen. *Blanche* malt, empfängt junge Männer und schreibt Briefe an einen fiktiven Geliebten über ihr Leben. Als man ihr kündigt, weigert sie sich, das Gartenhaus zu verlassen, obwohl sie es gar nicht rechtmäßig gemietet hat. Sie verliert den Prozeß. Aber ihr Gartenhaus zu verlassen ist für Blanche unmöglich, sie nimmt sich das Leben.

Gatsbys Anwesen • Nachmittags kommen die ersten Gäste an, um Wasserski zu laufen und sich an Jay Gatsbys Privatstrand zu sonnen. Derweilen bringen Dienstboten oben im Garten noch die letzten bunten Glühbirnen an und dekorieren das Büffet. Das Haus in West Egg auf Long Island sieht wie ein mittelalterliches Rathaus aus der Normandie aus und ist von einem riesigen Park umgeben. Gatsbys Feste sind genauso legendenumwoben wie er selbst. Niemand weiß, woher er kommt oder wer er wirklich ist. Die feine Gesellschaft der Ostküste besucht seine rauschenden Feste, badet im marmornen Swimmingpool und lauscht dem großen Orchester. Ist Gatsby ein Mörder? Hat er wirklich in Oxford studiert, wie er behauptet, oder ist er nur ein neureicher Aufsteiger, der sein Geld mit windigen Geschäften verdient hat? Oft hält sich Gatsby nachts in seinem Garten auf und beobachtet die weißen Paläste in East Egg, auf der anderen, noch mondäneren Seite der Bucht. Dort wohnt Daisy, die er einstmals heiraten wollte, als er noch arm war, und die jetzt mit einem anderen vermählt ist. Zwischen all dem Golden Twenties-Glamour ist Gatsby in Wahrheit ein Romantiker, der nur Partys gibt, weil er hofft, daß eines Tages auch Daisy zu den Gästen zählt, die sich uneingeladen auf seine Kosten amüsieren. Nur für Daisy fährt er die cremefarbene Limousine, hält sich das Wasserflugzeug und hat das größte Haus gekauft.

Und nur für sie ist er in skrupellose und kriminelle Geschäfte verwickelt, die ihn reich gemacht haben.

GEISTERHAUS • Esteban Trueba ist ein Tyrann, aber die starken Frauen seiner Familie lassen sich von ihm nicht unterkriegen. Isabelle Allende schrieb 1981 in ihrem venezolanischen Exil einen Brief an ihren Großvater, als sie erfuhr, daß er bald sterben werde. Dieser Rundumschlag gegen den Patriarchen und gegen die Pinochet-Diktatur in Chile erreichte seinen Empfänger nicht mehr, wurde jedoch zum Ausgangspunkt ihres ersten Buches, einer Familiensaga aus der chilenischen Oberschicht. Esteban Trueba ist mit seinem Gut »Drei Marien« reich geworden und läßt sich ein Haus in einem vornehmen Viertel in Santiago bauen. Die Großmutter Clara redet nicht mehr mit ihrem Mann, nachdem er sie geschlagen hat. Sie ist die Seele des großen Hauses. Das Haus füllt sich mit exzentrischen Gästen, für die ständig neue Zimmer angebaut werden. Ein zusätzlicher Platz am Eßtisch ist immer gedeckt, falls jemand unvorhergesehen eintrifft. Ihre Freunde sind Spiritisten, Rosenkreuzer, Theosophen, Akupunkturbeflissene, Regenmacher, Siebenten Tags-Adventisten und notleidende Künstler. Auch die Seelen der Verstorbenen, mit denen sie in Kontakt steht, wohnen im Haus. Ihre Tochter Blanca läßt sich ihre Liebe zum Vorarbeiter nicht verbieten, und Alba kämpft mutig gegen die Diktatur. Die Frauen sind die Hoffnungsträger, der Patriarch aber scheitert und bereut.

General San Martin • 1925 unternahm Thomas Mann eine Kreuzfahrt. Der Hamburger Luxusdampfer »General San Martin« brachte ihn von Venedig nach Montenegro und Ägypten. Nach Konstantinopel, Taormina, Neapel, Capri, Algier, Malaga, Barcelona und schließlich nach Genua. Die General war ein behagliches Schiff, auf dem 160 Passagiere üppig verpflegt wurden. Zum Sieben-Uhr-Dinner kleidete man sich förmlich, und manchmal spielte eine Kapelle zum Tanz auf. Thomas Mann bewohnte eine Offizierskabine. Vor der Tür stand sein Liegestuhl zum Lesen. Nach einem reichlichen Frühstück ging er jeden Tag in einem anderen Hafen an Land, ließ berühmte Bauwerke auf sich wirken und beobachtete die Sitten fremder Völker. Weil das gute Leben mit der Zeit langweilig wurde, war er froh, wieder nach Hause zu kommen.

Gibraltar • Tage bevor er selbst in dem kleinen italienischen Küstenort eintrifft, hört Marguerite Duras' Erzähler schon Gerüchte über die reiche und schöne Amerikanerin, deren Jacht dort ankert. Anna durchkreuzt seit Jahren die Weltmeere auf der Suche nach dem *Matrosen von*

Gibraltar, der einst ihr Geliebter war und sie dann verließ. Vor Gibraltar fischte die Jacht, die damals noch Cypris hieß, den schönen jungen Mann aus einem kleinen Boot. Es heißt, daß er aus der Fremdenlegion geflohen ist und einen Mord begangen hat. In Schanghai ging er einst von Bord. Der Erzähler trennt sich in dem kleinen heißen Küstenort von seiner Freundin und beschließt gleichzeitig, nicht auf seinen Posten im Ministerium zurückzukehren. Statt dessen geht er an Bord der »Gibraltar«, um Anna bei ihrer Suche zu begleiten. Gerade erst hat sie eine Botschaft eines ihrer ehemaligen Matrosen erreicht, der den Matrosen aus Gibraltar in Südfrankreich gesehen zu haben glaubt. In Sète stellt sich heraus, daß der gesichtete junge Mann nicht der Gesuchte ist, aber Epaminondas, der ehemalige Matrose, hat gerade einen Brief von einem weiteren von Annas einstigen Seemännern erhalten ... Der Erzähler und die schöne Anna sitzen nun gemeinsam im Liegestuhl auf dem Deck der 36 Meter langen weißen Jacht. Sie blicken aufs Meer, rauchen, trinken Whiskey und warten darauf, daß der Matrose von Gibraltar auftaucht. In Tanger, Cotonou, Leopoldsville oder in der Karibik. An Bord der »Gibraltar« vergißt der ehemalige Beamte seine Zukunftssorgen und die Vergangenheit und verliebt sich in Anna.

Glaspalast • Die Engländer wollen das Teakholz, und als das burmesische Königshaus sich weigert, auf die Konditionen der englischen Handelsgesellschaften einzugehen, marschieren die Engländer 1885 in Burma ein, dem reichen, goldenen Land. Die Königsfamilie muß den Glaspalast in Mandalay verlassen und nach Indien ins Exil gehen. Der Palast ist eine weitläufige Anlage aus Pavillons, Gärten, Wandelgängen, Springbrunnen, Kanälen und Teichen. In einem großen gläsernen Pavillon hält der König hof. Hier trifft der arme indische Junge Rajkumar, der in einer Garküche arbeitet, zum ersten Mal auf die schöne Dolly, eine Gefährtin der Prinzessinnen. Denn nur als die Engländer auf Mandalay marschieren, sind die Tore des Palastes plötzlich offen, und das Volk stürmt in den Palast, zu dem es sonst nie Zutritt hatte. Später, als Rajkumar zu Wohlstand gekommen ist, holt Autor Amitav Ghosh Dolly aus ihrem indischen Exil zurück nach Burma. Sehr viel später wird ihr Sohn sein Fotostudio in Rangun »Glaspalast« nennen, nach dem Ort, wo die Liebe von Rajkumar und Dolly begann, an dem Tag, an dem das burmesische Königreich unterging.

Gleis 9 3/4 • Zwischen den Gleisen 9 und 10 auf dem Londoner Bahnhof King's Cross liegt das Gleis 9 3/4. Es bleibt unsichtbar, bis man auf eine Sperre zugeht und durch ein schmiedeeisernes

Tor schreitet. Nur Zauberer wie Harry Potter können auf das Gleis gelangen, normale Menschen, die Muggels, wissen nichts von seiner Existenz. Jeweils zu Beginn des Schuljahrs am 1. September um 11.00 Uhr bringt der Hogwarts Express, ein altmodischer Zug mit einer roten Dampflok, die Zauberschüler nach Hogwarts, der Schule für Hexerei und Zauberei. Für Harry-Potter-Erfinderin Joanne K. Rowling haben Züge eine besondere Bedeutung, da sich ihre Eltern in einem Zug kennenlernten und ihr selbst die Idee zu Harry Potter auf einer Bahnreise kam.

GLETSCHER • Der Bischof von Reykjavík ist mit seiner Geduld am Ende. Er verlangt, daß die mysteriösen Vorgänge in dem kleinen Ort am Snæfellsgletscher untersucht werden, und schickt einen Gesandten. »Weshalb repariert der Mann die Kirche nicht? Warum hält er keinen Gottesdienst ab? Warum tauft er die Kinder nicht? Warum beerdigt er die Toten nicht? Warum hat er zwanzig Jahre lang sein Pfarrergehalt nicht abgeholt?« Nun gibt es ein Gerücht, der Pfarrer habe erlaubt, daß man eine Leiche auf den Gletscher schafft. Das Pfarrgebäude ist ein länglicher Bau, an den sich unzählige baufällige Schuppen anschließen. Eine schwarze Felswand fällt steil ab zum Meer. Die weißen Möwen darauf wirken wie Schnee. Der Gletscher versteckt sich im Nebel. Auf dem Weg zwischen Pfarrhaus und Kirche wächst Löwenzahn. Die Außentür der Kirche ist zugenagelt, die Fenster sind mit Brettern versperrt, auf den Gräbern wächst Gras. Schon bald merkt der Beauftragte des Bischofs, daß er in eine verrückte Welt geraten ist und daß die Pflege des Christentums hier auf exzentrische Weise betrieben wird. Der Pfarrer ist unterwegs, um ein Pferd zu beschlagen. Außerdem repariert er die elektrischen Geräte der umliegenden Ortschaften. Die Frau im Pfarrhaushalt, die aber weder die Frau des Pfarrers noch die Haushälterin ist, serviert zu jeder Tageszeit Kaffee und Kuchen. Selbst das kranke Kalb auf der Weide vor dem Haus wird mit Kaffee und Kuchen gefüttert, weil das vornehm und lecker ist. Aus Kalifornien reist der Meister mit drei Jüngern – Okkultisten mit Indianerponchos, die morgens Yoga machen – für eine Wiedererweckung an, der der Beauftragte des Bischofs beiwohnt, um das Schlimmste zu verhindern, während der Pfarrer wie immer unterwegs ist, um Pferde zu beschlagen. Die Kirche ist vernagelt, damit solche Zeremonien nicht dort stattfinden können, denn das ginge selbst dem toleranten Pfarrer zu weit. Die Isländer haben seit Jahrhunderten Tote wiedererweckt. Kirchenvorstand und Gemeindemitglieder finden die Vorgänge relativ normal und sind selbst beteiligt. So geht man am Gletscher einer sehr individuellen Religion nach, die sich auf alte nordische Traditionen beruft. Auch der Gletscher

selbst ist b…
tolerant. Sei…
und eher unb…

Grocio Prad…
ßig, frisch gesch…
in den fünfziger J…
reist, um sich ein…
rio, der mit Vor…
Schriftsteller Varg…
Neffe ihrer Schwes…
tet als Nachricht…
träumt aber davon, …
den verlieben, müsse…
ten, denn Julia ist nic…
geschieden. Händchen…
lungern sie im Café ode…
heimhaltung fliegt auf, un…
nach Lima, um dem Ganze…
ten. Mario macht Julia einen…
er ist minderjährig und ka…
mung seiner Eltern heiraten…
Julia und Mario fliehen aus…
chen sich auf die Suche nach…
die Sitten weniger streng sin…
ständnis für ihre Liebe hat…
was Geld gegenüber aufge…
klappern die ganze Provinz…
Schließlich erreichen sie Gr…
Verwandter des Taxifahrers…

Der Ort besteht aus baufälligen Häuschen und Strohhütten. Auf einem weiten baumlosen Platz steht das Rathaus, ein Lehmgebäude mit Blechdach. Den einzigen Raum des Rathauses verschönert eine mit Heftzwecken befestigte Flagge von Peru. Der Taxifahrer, der auch als Trauzeuge dient, geht vor der Trauung schnell noch eine Flasche Wein holen, damit es ein wenig feierlicher wird. Das Geburtsdatum von Mario wird auf der Urkunde falsch übertragen, und so werden die beiden Liebenden Mann und Frau, während Marios Familie in Lima vergeblich tobt.

GRÖNLAND • Tété-Michel Kpomassie brach 1959 aus seinem Heimatland Togo nach Grönland auf. In einem Buch hatte er gelesen, daß die Menschen dort sehr gastfreundlich seien und die Durchschnittstemperatur im Sommer angenehme 10 Grad betrage. Er wollte weg von den giftigen grünen Schlangen und den heiligen Pythons, die es in Togo gab. Acht Jahre brauchte er, bis er sein Ziel erreichte. Immer wieder mußte er seine Reise unterbrechen, um Geld zu verdienen, bis er sich endlich auf einem Frachter von Kopenhagen nach Grönland einschiffen konnte. Weil es Sommer war, wurde es bald nachts gar nicht mehr dunkel so hoch im Norden. Die ersten Eisberge kamen in Sicht, und es wurde zunehmend kälter. Als Afrikaner erregte er großes Aufsehen. Seine Gastgeber wurden beneidet, die

Kinder begleiteten ihn den ganzen Tag, Väter verlangten, daß er mit ihren Töchtern schlafe. Die Rundfunkstation in Godthaab, der Hauptstadt, meldete: »Er ist ein groß gewachsener Mann mit Haar wie schwarzer Wolle. Seine Augen sind nicht geschlitzt, sondern bogenrund und von aufgebogenen Wimpern beschattet.« Er wurde als »Qashlouna« bezeichnet, als jemand, der aus dem Süden kommt. Die Grönländer waren ein geselliges, kaffeetrinkendes Volk. Ab 8 Uhr morgens besuchten sie sich abwechselnd und tranken dabei literweise Kaffee. Wenn man selbst die Besuche der anderen erwiderte, blieben stets frischer Kaffee auf dem Herd und ein paar Tassen auf dem Tisch, damit sich die Besucher bedienen konnten, die vorbeischauten, während man selbst Besuche erledigte. Tété-Michel Kpomassie kostete Walhaut und ungesalzenes Rentierfleisch. Im hohen Norden des Landes, wo die Menschen immer noch von der Jagd lebten, ging er auf die Robbenjagd und fuhr im Hundeschlitten. Man wollte ihn gar nicht mehr abreisen lassen, und auch er plante zurückzukommen. Bei seiner Abreise standen die Einwohner an der Anlegestelle des Schiffes und winkten.

GUDBRANDSDAL • In diesem norwegischen Tal liegt der Jörundhof, auf dem Kristin Lavranstochter, die Heldin der Nobelpreisträgerin Sigrid Undset, aufwächst. Kristin ist eine sehr gläubige

Frau, die gleichzeitig stark und emanzipiert ist. Glucksende Bäche, der rauschende Fluß, dunkle Wälder, grüne Almen mit Holzhäusern, felsige Berge, so sieht es im Gudbrandsdal aus. Es gibt Wölfe und Bären, und weil das in Norwegen so ist, auch Trolle, Kobolde und Elfen. Sigrid Undset erhielt 1928 als dritte Frau den Nobelpreis für Literatur. Die Begründung der Jury lautete: »vor allem für ihre eindringlichen Beschreibungen des nordischen Lebens im Mittelalter.« Damals war sie eine bekannte Autorin, die mittelalterliche Kleidung trug und ihr Haus in Lillehammer so restaurierte, daß es einem Haus um das Jahr 1000 ähnelte. *Kristin Lavranstochter* gehört zu den meistgelesenen Büchern in Norwegen. Die katholische Kirche zählt es zu den wichtigsten katholischen Romanen. Jedes Jahr finden im Gudbrandsdal die »Kristinsdagen« statt. Mittelalterliche Festspiele, auf denen Kristin Lavranstochter, die Gutsbesitzerstochter aus dem 13. Jahrhundert, im Zentrum steht.

HARBOR HEALTH CLUB • Henry Cimoli hat ein Problem mit T-Shirts. Kauft er sie groß genug für seine breiten Schultern, dann hängen sie ihm wie Kleider bis zu den Knien. Haben sie dagegen die richtige Länge, dann sind die Ärmel viel zu eng. Einst leitete der ehemalige Boxer einen schäbigen Boxclub, in dem sich Bostons Unterwelt traf. Dann kam die Fitnesswelle, und Henry eröffnete den Harbor Health Club. Hier gibt es moderne Trainingsgeräte, einen Kosmetiksalon, einen Friseur und flotte junge Aerobic-Trainerinnen. Das gutbetuchte Publikum kann vom Stepper aus auf den Hafen blicken. Henrys Narben um die Augen kommen bei den jungen Kundinnen gut an. Ganz hinten neben seinem Büro gibt es noch den Boxraum mit dem Sandsack, von dem keiner wissen darf, weil er das Bild vom feinen Fitnessstudio durcheinanderbringen würde. Hier trainieren Privatdetektiv Spenser, ein ehemaliger Polizist und sein Freund Hawk, der oft bei der Lösung der Fälle hilft, hauptberuflich aber als Auftragskiller arbeitet und enge Mafiaverbindungen hat. Hawk hat keinen Nachnamen und keine Adresse, wer ihn erreichen will, hinterläßt eine Nachricht bei Henry. Robert B. Parker schreibt die Spenser-Krimis seit 1973 in der Tradition von Chandler, Macdonald und Hammett. Der Boxraum im Harbor Health Club ist einer der letzten Orte für richtige Männer.

HAUS • Für Mr. Biswas, den Helden des aus Trinidad stammenden Nobelpreisträgers V.S. Naipaul, ist man erst im eigenen Haus wirklich frei. Nur hier kann man die Tür hinter sich schließen und alle aus seinem Haus rauswerfen, die man nicht dahaben will. Mr. Biswas wächst im Trinidad der vierziger Jahre in ärmlichen Verhältnissen auf. Zwar heiratet er in eine wohlhabende Hindu-Familie ein, da er aus der richtigen Kaste stammt, aber die Großfamilie Tulsi läßt nicht zu, daß er eigene Entscheidungen trifft. Die Schwiegersöhne arbeiten auf den Zuckerrohrplantagen mit, die Frauen besorgen den Haushalt. Man lebt beengt, streitet viel, und niemand kann seine Geheimnisse bewahren. Mr. Biswas unternimmt immer wieder Ausbruchversuche, er verläßt Frau und Kinder und sucht sich eine Arbeit außerhalb der erdrückenden Tulsi-Familie. Nie läßt er sich kleinkriegen, und nach vielen Jahren bringt er es schließlich zum eigenen Haus in der Hauptstadt Port of Spain. Dafür muß er sich hoch verschulden. Das Haus, das bei der Besichtigung noch gemütlich und gut gebaut aussah, hat ungerade Fußböden, die Treppe wackelt gefährlich, die Fenster lassen sich nicht schließen. Alles ist schief, nichts funktioniert. Aber für Mr. Biswas ist sein Haus ein Hort der Freiheit. Er pflanzt Rosen, Orchideen, Lilien und Bougainvillea im Garten an und schickt seine Kinder aufs College.

HAVANNA • Kuba in den fünfziger Jahren. Jim Wormolds Staubsaugergeschäft in Havanna läuft schleppend. Das neue Modell »Atompilz« ist ein Verkaufsschlager in London und New York, nicht aber auf Kuba. Die Tochter schlägt über die Stränge, und seine Frau hat ihn schon vor langer

Zeit verlassen. Mit seinem einzigen Freund, dem deutschen Emigranten Dr. Hasselbacher, trinkt er jeden Tag einen Morgen-Daiquiri in der Wonder Bar. Ohne daß er weiß, wie ihm geschieht, wird er auf mysteriöse Weise vom britischen Geheimdienst als Agent rekrutiert. Weil ihn das Geld lockt, baut er ein fiktives Spionagenetz auf und erfindet detaillierte Plots. Die Zeichnungen von der neuen Geheimwaffe sehen aus wie Riesenstaubsauger, aber das merkt der Geheimdienstchef in London nicht. Statt dessen schickt man ihm aus London mehr Personal, darunter die reizende Sekretärin Beatrice. Während Wormold noch versucht, vor den neuen Kollegen zu vertuschen, daß all seine Informanten erfunden sind, fängt die Gegenseite an, ihn ernst zu nehmen. Warum hätte man das Personal auf diesem Posten verstärkt, wenn hier nicht wichtige Dinge vor sich gehen würden? Schon kommt es um Jim Wormold herum zu Schießereien und Morden. Die reizende Beatrice sieht in ihm keineswegs einen langweiligen Staubsaugerverkäufer, sondern hält ihn für einen gefährlichen, wagemutigen Mann, der im Mittelpunkt der Spionagewelt steht. Graham Greene schrieb *Unser Mann in Havanna,* nachdem er 1957 Kuba besucht hatte. Er selbst arbeitete lange für den englischen Geheimdienst, obwohl er immer behauptete, es wären nur drei Jahre gewesen. Das »Spionieren« war bei den Greenes Tradition. Auch zwei Brüder, eine Schwester und ein Onkel von Graham Greene waren Spione.

HAWAII • Die Große Insel ist üppig und grün. Es riecht nach Kochfeuern, Guaven, Jasmin und Erde. In den dunstig blauen Bergen liegt die Kaffeeplantage der Haifischfrau Pono, die die Zukunft träumt und mit den Haien schwimmt. Über den Vulkan Kilauea wacht die Vulkangöttin Pele. Die Matriarchin Pono ruft ihre vier Enkeltöchter zu sich, um ihnen das bisher gehütete Familiengeheimnis mitzuteilen und um ihre Erbschaft zu regeln. Kiana Davenport erzählt in ihrem Roman *Haifischfrauen* die Geschichte Hawaiis. In der Mitte des 19. Jahrhunderts verlieben sich der einäugige holländische Walfänger Mathys und die Tahitianerin Kelonikoa, deren Urenkelin Pono ist. Während dieser Zeit wird Königin Lili'uokalani von den Amerikanern zur Abdankung gezwungen, das Land wird seinen Einwohnern weggenommen und Hawaii von den USA annektiert. Die Hawaiianer dürfen ihre Muttersprache nicht mehr sprechen. Deshalb will Ponos Enkelin Vanya sich an der Revolution beteiligen, die Hawaii die Souveränität zurückgibt und verhindert, daß Raumfahrtzentren, Golfplätze und Tourismusanlagen an Orten gebaut werden, die einstmals heilig waren. Über der Bucht der Haie soll einmal wieder die hawaiianische Flagge wehen. Im Haus in den Bergen trifft die philippinisch-hawaiianische Vanya auf ihre Cousinen, die japanisch- oder koreanisch-hawaiianische Rachel, die chinesisch-hawaiianische Ming und die amerikanisch-hawaiianische Jess, und auf ihre Großmutter Pono, die hexen und hellsehen kann.

HAY-ON-WYE • Jedes Jahr findet in dem kleinen walisischen Ort ein zehntägiges Literaturfestival statt, zu dem große Schriftsteller und etwa 80 000 Zuhörer anreisen. Inzwischen gibt es Hay-Festivals auch in Segovia in Spanien und in Cartagena in Kolumbien. Mit Timbuktu, der alten Karawanenstadt am Rande der Sahara, hat man kürzlich eine Städtepartnerschaft geschlossen. Bald könnte hier das erste Wüsten-Literaturfestival starten. Hay-on-Wye hat etwa 1500 Einwohner und 41 Buchhandlungen. 1961 eröffnete Richard Booth das erste Antiquariat und baute Hay-on-Wye nach und nach zur Buchstadt auf. 1977 erklärte er die Unabhängigkeit der kleinen Stadt, bezog die alte Burg und rief sich zum König aus. Die Entwicklung von Hay zum Buch-Mekka und die Verbreitung der Buchstadt-Bewegung in Europa erzählt er in seiner Autobiographie *My Kingdom of Books*.

HEIMAT • Einem leise murmelnden Wildbach entlang rollt die Kutsche bergauf in den dunklen Wald hinein. Noch hört man die Kirchenglocken vom nahen Dorf, doch bald ist der Hufschlag der Pferde das einzige Geräusch. Im Gebirge ist es ruhig, so daß der Fürst den ganzen Trubel der Welt, die ihm böse mitgespielt hat, vergessen kann. Dann öffnet sich der Wald, und man blickt auf ein Tal. Kuhglocken ertönen leise, eine Sennerin jodelt zur Begrüßung. Vor der Jagdhütte erwarten den Fürsten die Jäger. Und später kreuzt dann eine schöne, reine Frau seinen Weg. So sieht die Welt in den Heimatromanen von Ludwig Ganghofer aus, die in den Tiroler oder in den bayerischen Alpen spielen.

HIGHBURY • Seit seinem elften Lebensjahr ist Nick Hornby Fan von Arsenal London. Er gehört zu den Männern, die einen großen Teil ihrer Freizeit in Kälte und Regen im Fußballstadion verbringen und sich dabei laufend aufregen. In Highbury im Norden Londons ist Arsenal zu Hause. *Fever Pitch – Ballfieber* handelt von der Liebe zum Fußball und davon, wie es ist, ein Fan zu sein. Weil sein von der Familie getrennt lebender Vater nicht wußte, was seinem Sohn sonst Spaß machen könnte, ging er mit ihm ins Fußballstadion. Auf einmal hatten Vater und Sohn eine Gemeinsamkeit, ein Thema, über das sie reden konnten, während man vorher nur gelangweilt in Restaurants herumgesessen hatte. Der kleine Nick ist fasziniert von der überwältigenden Männlichkeit, auf die er hier stößt. Zigarrenrauch, derbe Flüche, Gegröle. Und von dem grundsätzlichen Zustand des Fußballfans, der ihm immer eine bittere Enttäuschung zu sein scheint, egal wie es steht. Arsenal in Nord-London versprüht für den Vorortjungen aus der Mittelschicht zudem den Glamour von harter Innenstadt. Er legt sich einen Cockney-Akzent zu und träumt davon, in einem Stadtteil mit eigener U-Bahnstation, schwarzer Bevölkerung und unlösbaren sozialen Problemen zu wohnen. Vor dem Spiel geht er in die Pommesbude. In den siebziger Jahren kommt es noch bei jedem Arsenal-Spiel zu einem Kampf. Mit einunddreißig zieht er in das Viertel seiner Träume. Er wohnt nun in einer Straße, in der Fans vor dem Spiel ihr Auto parken, kann selbst zu Fuß zum Stadion gehen und bei Wind die Lautsprecheransagen in seinem Haus hören. Doch das Viertel hat sich verändert. Die Mittelschicht ist hergezogen und er nun der einzige Arsenal-Fan in seiner Straße.

HIGHLANDS • Im schottischen Hochland betritt Diana Gabaldons Heldin Claire Randall einen alten Steinkreis und befindet sich auf einmal im 18. Jahrhundert. Hier lernt sie den schottischen Adligen Jamie Fraser kennen, einen tollkühnen Kämpfer gegen die englische Besatzung. Claire und Jamie heiraten und erleben zahlreiche Abenteuer. Obwohl das Leben in zugigen Burgen, verrauchten Katen, der Hexerei verdächtigt und immer auf der Flucht so viel anstrengender und gefährlicher ist als die Annehmlichkeiten des 20. Jahrhunderts, entscheidet sich Claire aus Liebe zu Jamie für das Leben in den Bergen Schottlands. Denn Jamie ist nicht nur tapfer, er ist auch treu, gebildet und gutaussehend. Und viel leidenschaftlicher als ihr Ehemann, den sie im 20. Jahrhundert zurückgelassen hat.

HIRSCHHOLM • Einen wunderbaren Sommer verbringen der kranke König Christian, die Königin und der Leibarzt und Geheime Kabinettsminister Struensee auf Schloß Hirschholm. Nur mit wenigen Dienstboten, einer Handvoll Soldaten und dem Küchenpersonal läßt Per Olov Enquist die kleine Truppe aufbrechen. Das Schloß liegt auf einer Insel im See, ein nordisches Versailles, das nach diesem einen Sommer im Jahr 1771 verfallen wird, denn es ist das Schloß der Liebe von Königin Caroline Mathilde und Struensee. Die königliche Gesellschaft hebt alle Etikette auf, liest Rousseau, lockert die Kleiderregeln, redet sich nicht mehr mit den Titeln an und lebt ganz in der Natur. Doch in Kopenhagen haben sich schon längst die Gegner verschworen: die Königinwitwe, die Königinmutter, der Hof, das Ausland. Sie alle fürchten die fortschrittlichen Reformen, die der Aufklärer Struensee in Dänemark eingeführt hat, und warten nur auf eine Gelegenheit, alles zu widerrufen.

Hogwarts • Joanne K. Rowlings berühmtes Zauberinternat soll irgendwo in Schottland liegen. Das alte Schloß mit Türmen und Zinnen thront auf der Spitze eines Berges. Unterhalb des Schlosses befindet sich ein See. Alles hier ist voller Geheimnisse und Magie. In den vier Internatshäusern Gryffindor, Hufflepuff, Ravenclaw und Slytherin leben und lernen die Schüler, wenn sie nicht gerade Unterricht in Fächern wie Kräuterkunde, Zaubertränke oder Verteidigung gegen die dunklen Künste haben. In Hogwarts gibt es 142 Treppen, geheime Gänge und Grüfte, Falltüren und Kerker. Die alten Ritterrüstungen können laufen, die Personen auf den alten Ölbildern bewachen die Eingänge und besuchen sich gegenseitig. Zum Schloß gehörende Geister bevölkern Hogwarts schon seit Hunderten von Jahren. Ganz in der Nähe leben Zentauren und Einhörner in einem verzauberten Wald.

Hokkaido • Haruki Murakami ist der populärste Autor Japans. In Deutschland verkrachte sich wegen ihm einst das Literarische Quartett. Seine Bücher sind bevölkert von Eigenbrötlern, die über scheinbar unlösbare und sinnlose Rätsel stolpern. In einer Welt aus Fast Food, High-Tech, Konsum, Langeweile und Fitnessstudios geraten die scheuen Protagonisten in phantasievolle Abenteuer, begegnen neuen Menschen, treffen auf sprechende Tiere, unerklärliche Symbole und übernatürliche Ereignisse. In *Wilde Schafsjagd* verschlägt es Boku zum ersten Mal nach Hokkaido, weil er ein Schaf sucht. Hokkaido ist der nördlichste Teil von Japan, eine rauhe Gegend mit Bergen und viel Schnee und die einzige in Japan, wo Schafe gezüchtet werden. Im Nachfolgeband *Tanz mit dem Schafsmann* sehnt sich Boku nach dem Mädchen Kiki, mit dem er damals im Hotel Delfin in Sapparo wohnte. Das Hotel Delfin war eine Bruchbude, in der es keine weiteren Gäste gab. Ein baufälliges Gebäude mit verschlissenen Zimmern, einem traurigen Besitzer und einem geheimnisumwitterten Stockwerk, in dem Boku auf den Schafsmann traf. Bei seinem erneuten Besuch ist daraus ein sechzehnstöckiges glitzerndes Hochhaus geworden. Ein langweiliges Kettenhotel ohne Flair. Doch als Boku nachfragt, was aus dem alten Hotel geworden ist, will man ihm nicht recht antworten, und ein neues Abenteuer beginnt.

HOLLYWOOD BOULEVARD • Geheimnisvolle Blondinen im Schneiderkostüm, deren schöne Augen sich durch die Brillengläser erahnen lassen, besuchen den Privatdetektiv Philip Marlowe in seinem Büro. Ebenso brünette Verführerinnen, die auf einmal einen zierlichen Revolver mit einem Elfenbeingriff in der Hand halten. Zynische Berufsschläger versuchen, ihn unter Druck zu setzen, scheitern aber, weil Raymond Chandlers Detektiv immer einen Tick abgebrühter und schneller ist. Sein Arbeitsplatz besteht aus zwei kleinen Räumen: einem Wartezimmer und einem Büro mit einer Riffelglasscheibe. Im Schreibtisch liegt eine Luger. Der Whisky steht in Reichweite. Der Liftboy bringt die Besucher nach oben, und abends kommt die Putzkolonne. An der Ecke des Gebäudes befindet sich ein Drugstore, in dem es Kaffee und Sandwiches gibt und ein öffentliches Telefon. Vor dem Gebäude am Hollywood Boulevard erstreckt sich Los Angeles: Die Reichen mit ihren Swimmingpools in Beverley Hills, die biedere Mittelschicht in den Vororten und die vielen Filmsternchen, Agenten, Studiobosse, Ganoven und Bullen. Allesamt am kalifornischen Traum Gescheiterte.

Horatio Street Books • Ein Sommer in Neuengland. Helen MacFarquhar, um die Vierzig, geschieden, eine Tochter, lebt ein gutes Leben in Pequot, einer malerischen Kleinstadt am Meer. Helens Laden befindet sich in einem schiefen rosafarbenen Haus in der Hauptstraße. Während der Sommerhitze ist es dort einladend kühl und dunkel. Horatio Street Books hat vier kleine Verkaufsräume. Den kleinsten nimmt die Lyrik ein, ein fensterloses Kabuff, in dem schmale Bändchen und dicke Gesammelte Werke Seite an Seite stehen. Die zwei Haupträume sind für Belletristik und Sachbuch reserviert. Das vierte

Zimmer, im hinteren Teil des Geschäfts versteckt, ist der Militärgeschichte gewidmet, die nur von Männern gelesen wird. Ganz in der Nähe stehen die Krimis, die wiederum nur Leserinnen finden. An einem schönen Junitag erhält Cathleen Schines nicht schöne, aber reizend charmante Hauptperson Helen einen anonymen Liebesbrief. Sie weiß nicht einmal, ob der Brief wirklich an sie gerichtet ist. Natürlich erhält sie immer mal wieder Liebesbriefe von ihren Kunden, mit denen sie hemmungslos flirtet, weil Flirten ihr Hobby ist. Nach Erhalt des Briefes dekoriert sie gleich einen Tisch mit Briefen statt wie geplant mit Gartenbüchern. Die Briefe von Keats und Joyce, Violet Trefusis' Briefe an Vita Sackville-West. H. L. Menckens und Philip Larkins. Während Helen Taschenbücher neu stapelt oder überlegt, ob sie die Abteilungen Lyrik und Geschichte näher aneinander rücken soll, geht ihr *Der Liebesbrief* nicht mehr aus dem Kopf, der mit der Frage »Wie verliebt man sich?« beginnt. Kann ihre Buchhalterin Lucy den Brief geschrieben haben? Miss Skattergoods, die Bibliothekarin? Ihr Exmann? Eine der beiden Strandschönheiten, die im Sommer aushelfen? Oder vielleicht Johnny, der braungebrannte College-Student, der ebenfalls einen Ferienjob in der Buchhandlung hat und Helen immer sympathischer wird? Natürlich rein platonisch, denn schließlich ist er halb so alt wie sie!

Hotel New Hampshire • Niemand hat einen Grund, nach Dairy, New Hampshire zu kommen. Das Meer ist eine halbe Stunde entfernt, die Berge eine Stunde in die andere Richtung. Die Gegend ist flach, und Dairy ist kein New-England-Bilderbuchdorf, sondern eine Fabriksiedlung. Aber Win Berry ist ein Pläneschmieder und Träumer. Das Internat, in das vornehme Familien ihre mißratenen Kinder schicken, scheint ihm Grund genug, um das einzige Hotel im Ort zu eröffnen. Wo sonst könnten die Eltern wohnen, die ihre Sprößlinge besuchen? Die Berrys kaufen die ehemalige Mädchenschule, einen großen Backsteinkasten auf einem Hügel inmitten eines Parks. Die Toiletten wurden der ehemaligen Schule falsch geliefert, weil der Lieferant dachte, es handele sich um einen Kindergarten. Win Berry, der nicht alles neu erwerben will, ist optimistisch, daß sich die Hotelgäste an den Kindergartentoiletten nicht stören werden. Das Hotel New Hampshire ist ein Familienbetrieb. Etwa die Hälfte der vierzig Zimmer wird von der exzentrischen, achtköpfigen Familie Berry, dem Hotelpersonal und Freunden belegt. Das Hausmädchen in John Irvings Roman ist ein bißchen zu sexy und geht schon mal mit den Hotelgästen ins Bett, die Köchin hat noch nie in einem Hotel gearbeitet, selbst der Hund ist exzentrisch. Die Berry-Kinder spielen Streiche, erleben Schicksalsschläge und feiern Feste. Dann erhält Win

Berry einen Brief von seinem Freund Freud, dem Bärendompteur, der ihm schreibt, daß er ein Hotel in Wien betreibe, und fragt, ob die Berrys nicht nach Wien kommen wollten. Win Berry schmiedet neue Pläne, verkauft das Hotel an einen Liliputanerzirkus und bricht mit seiner Familie nach Wien auf.

Hunts Point • Zwischen Lagerhallen, Tankstellen und Oben-ohne-Bars liegt der Schrottplatz des »Maulwurfs« in einem Industriegebiet in der South Bronx. Nato-Stacheldraht umgibt ausgebrannte Volvos, alte Chryslers und Fords mit zerknautschter Kühlerhaube. Ein Hunderudel paßt auf, daß sich niemand nähert. Anführer ist Simba, der den Kopf eines Schäferhunds und den Körper eines Bullmastiffs hat, dazu die Augen eines Alligators. In einem unterirdischen Bunker lebt der Maulwurf, ein technisches Genie im Overall mit bleicher Haut, dicken Brillengläsern und Verbindungen zum Mossad. Er ist ein Freund des Privatdetektivs ohne Lizenz Burke, den sein Erfinder Andrew Vachss einen Kreuzzug gegen Kinderschänder führen läßt. Burke ist ein Exsöldner und Exknacki. Wenn es darum geht, Telefonleitungen zu verlegen oder zu kappen, Fluchtautos flottzumachen, Verschlüsselungschips in Handys einzubauen oder Bomben explodieren zu lassen, kommt der Maulwurf ins Spiel. Tausende von Nummernschildern lagern auf seinem

Areal. Im Bunker untergebracht sind das Labor für die Experimente und unzählige Computer und Maschinen. Der Maulwurf verläßt seinen Schrottplatz nur alle drei bis vier Jahre, schätzt sein Freund Burke.

ISTANBUL • »Hüzün« bedeutet auf türkisch Melancholie. Mit diesem Wort beschreibt Orhan Pamuk seine Kindheits- und Jugendjahre in der einstmals prächtigen Stadt am Bosporus. Die osmanische und byzantinische Vergangenheit war groß, aber nun verfällt die Stadt. Sie ist arm und liegt am Rande der Welt. Wichtige und schöne Dinge geschehen nicht hier, sondern in Europa und Amerika. Die Holzpaläste am Ufer des Bosporus verfallen oder gehen in Flammen auf, die Schiffe rosten, die Stadt verwahrlost. Hüzün bezeichnet die Traurigkeit, zwischen den Ruinen eines untergegangenen Reiches zu leben. Die Einwohner von Istanbul tragen diesen Untergang mit Fassung, mit einer Art von Trägheit und auch mit Stolz. Die ständige Erinnerung an glorreiche Zeiten lähmt die Stadt. Auch der Wohlstand der Familie Pamuk schwindet wegen der Fehlinvestitionen von Vater und Onkel. Der kleine Orhan schaut von seinem Fenster auf den Bosporus und zählt Schiffe und Schiffsunglücke.

Ithaka • Nachdem Troja besiegt ist, kehren die griechischen Helden zurück in ihre jeweilige Heimat. Nur Odysseus, den König von Ithaka, verschlägt es auf eine Irrfahrt, die zehn Jahre dauert. Bei der Nymphe Kalypso und beim einäugigen Zyklopen gerät er in Gefangenschaft. Die Zauberin Circe verwandelt seine Gefährten in Schweine, er trifft die Toten im Hades und widersteht dem Gesang der Sirenen, die ihn auf ihre Insel locken wollen. Als er nach zahlreichen Abenteuern endlich zurück nach Ithaka gelangt, findet er dort seine treu auf ihn wartende Frau Penelope von Freiern bedrängt. Im Wettkampf zeigt er, wer er wirklich ist, und erschießt die Freier, die jahrelang auf seine Kosten gelebt haben.

Jack and Hammer • In dem malerischen englischen Dorf Long Piddleton lebt man gemächlich. Jeden Tag treffen sich die Freunde Melrose Plant, Marshall Trueblood und Vivian Rivington im »Jack and Hammer«. Dick Scroggs, der Wirt des traditionellen Pubs, liest lieber Zeitung, als seine Gäste zu bedienen, Melrose löst beim Bier die Kreuzworträtsel in der *Times*, die alte Mrs. Witheby verdöst den Tag nach getaner Arbeit vor dem Kamin. Da Marshall Truebloods Antiquitätengeschäft direkt neben dem Pub liegt, kann er immer mal reinschauen, wenn sich gerade keine Kunden im Laden aufhalten. Melrose und Vivian sind vermögend und gehen keinerlei Arbeit nach. Vivian bereitet sich auf ihre Hochzeit mit einem italienischen Grafen vor. Melrose hat seinen Titel als Viscount Ardry zwar abgelegt, lebt aber doch standesgemäß mit Butler auf Ardry End. Immer wieder geht er seinem Hobby nach: Er hilft seinem Freund Inspector Richard Jury aus London bei der Aufklärung von Mordfällen. Alle Romane der amerikanischen Schriftstellerin Martha Grimes sind im Original nach englischen Pubs benannt.

JAKOBSWEG • Als seine verheiratete Geliebte ihn verläßt, beschließt ein junger Mann, bei einer Pilgerreise auf dem Jakobsweg Vergessen zu suchen. Unterwegs trifft er in den Hospizen Pilger, die aus den unterschiedlichsten Beweggründen aufgebrochen sind, die einen wollen Gewicht verlieren oder die Landschaft genießen, die anderen radeln ihrem Pilgerziel in Rekordzeit entgegen, und wieder andere sind todkrank und bereiten sich aufs Sterben vor. Ihnen allen ist gemein, daß sie ihr altes Leben auf dem *Weg des Vergessens* – so der Titel des Romans von Richard Weihe – hinter sich lassen wollen.

Nach einem Hörsturz und der Entfernung seiner Gallenblase gönnte sich Hape Kerkeling eine Auszeit, und auch er unternahm diese Pilgerreise. Der Jakobsweg nach Santiago de Compostela gehört zu den drei großen Pilgerwegen der Christenheit. Hape Kerkeling, der sonst schon in den ersten Stock mit dem Aufzug fährt, begab sich nun auf Gewaltmärsche über Berghöhen von 20 bis 30 Kilometern pro Tag. Sein Rucksack war schwer. Er wanderte bei Hitze und Regen, gemeinsam mit anderen Pilgern und allein. Dabei dachte er über Gott nach und gewann unterwegs neue Freundinnen. Öfters war er kurz davor, aufzugeben, überwandte sich aber und erreichte nach sechs Wochen Santiago de Compostela.

JAKUBIJAN-BAU • In einem zehnstöckigen Appartmentgebäude in Kairo spielt die Liebesgeschichte von Zaki El Dessouki und Busayna. Zaki ist ein wohlhabender Ingenieur, über sechzig und Junggeselle, der in dem Gebäude sein Büro hat und hier auch seine Geliebten empfängt. Busayna entstammt einer armen Familie, die in einem kleinen Raum unter dem Dach lebt. Sie ernährt die Mutter und ihre drei kleinen Geschwister, seitdem der Vater gestorben ist. Den Sex mit ihrem Chef im Kleidergeschäft läßt sie über sich ergehen wie alle Mädchen, solange sie dabei Jungfrau bleibt, ist alles in Ordnung. Und ihr Gehalt kann sie damit auch aufbessern. Der Jakubijan-Bau wurde 1934 von einem armenischen Geschäftsmann gebaut. Es ist ein sehr vornehmes Gebäude, europäisch, mit Säulen und

Marmor und dem neuesten Aufzugmodell der dreißiger Jahre, gebaut von einem italienischen Architekten. Doch im Laufe der Jahre wurden die Bewohner des Gebäudes immer weniger vornehm. Die kleinen Räume unter dem Dach sind ursprünglich zum Wäschetrocknen und Bügeln gedacht, später sind hier die Dienstboten der Mieter untergebracht, und jetzt werden sie von ganzen Familien bewohnt. In seinem arabischen Bestseller behandelt der Ägypter Alaa Al-Aswany Korruption, Folter, Homosexualität, Abtreibung und islamistischen Terrorismus. Reich und arm, jung und alt finden im Jakubian-Bau zusammen: Zaki und Busayna verlieben sich.

Java • Schon als er das erste Mal auf die verwilderte Plantage nach Gambung kommt, weiß Rudolf Kerkhoven, daß es für ihn keinen anderen Ort mehr gibt. Mittagsnebel verschleiert die nahe gelegenen Gipfel, die Baumkronen sind von einem üppigen Grün, aus dem Urwald ertönen die Schreie von Tieren und das Rauschen eines Wasserfalls. Mit Energie und Ausdauer pflanzt der Niederländer Tee und später auch Chinarindenbäume an. Er rodet den Urwald, legt Trassen an den Steilhängen an, baut Wasserleitungen und lebt die ersten Jahre unter zahlreichen Entbehrungen. Das Leben in der Wildnis ist einsam und die Zivilisation weit weg. Die Plantage ist sein Ein und Alles. Vier Jahre dauert es, bis der erste Tee geerntet werden kann. Nach zahlreichen harten Jahren stellt sich der Erfolg ein. Die Kerkhovens werden reiche Pflanzer mit einem Tennisplatz am Haus und einer neuen großen Villa. Hella S. Haasse, die Autorin der *Teebarone,* wuchs selbst in Indonesien auf.

JERUSALEM • Sultan Saladin regiert über Ägypten und Syrien. Er gilt als weiser und gerechter Herrscher, in dessen Reich es Religionsfreiheit gibt und die Künste blühen. Tariq Alis Saladin ist zudem ein Mann aus dem Volke, der die einfache Küche der armen Leute mehr schätzt als den Luxus. Sein Verwalter, der Kadi Imadeddin, dichtet und liebt Männer. Die Sultana liest ketzerische Philosophiebücher und verliebt sich in die Konkubine Halima, ihre Mitbewohnerin im Harem. Der Schreiber, aus dessen Perspektive die Geschichte erzählt wird, ist ein jüdischer Gelehrter aus Kairo. Damaskus und Kairo unter Saladins Herrschaft sind tolerante, wohlhabende Städte. Doch Saladins Ziel ist es, Jerusalem von den christlichen Kreuzfahrern zu befreien, die Palästina seit fast einem Jahrhundert besetzt haben. In der Schlacht von Hattin besiegt er das christliche Heer und hält Einzug in die Stadt.

Kalimpong • Am Fuße des Kanchenjunga, des dritthöchsten Bergs der Welt, liegt der kleine Ort im Himalaya. In einer einsamen Villa, von deren Veranda man auf den Berg blickt, lebt die siebzehnjährige Sai gemeinsam mit ihrem Großvater, seinem Hund und dem Koch. Im Garten hausen bunte Vögel und zwei Kobras. Ab und zu begleitet Sai die älteren Nachbarn in den nächstgrößeren Ort Darjeeling, wo alle ihre Bücher in der Stadtbibliothek umtauschen. Ansonsten passiert wenig in Kalimpong, bis sich Sai in ihren nepalesischen Mathematiklehrer Gyan verliebt, bald darauf das Haus des Großvaters überfallen wird und ein Aufstand der nepalesischen Einwohner gegen den indischen Staat stattfindet. Währenddessen schlägt sich der Sohn des Kochs in New York als Küchenhilfe durch. An seinen Vater schreibt er Briefe, wie großartig das Leben in den USA sei, in Wirklichkeit lebt er mit der ständigen Bedrohung, als Illegaler erwischt zu werden, läßt sich von den Restaurantbesitzern ausbeuten und sehnt sich nach Indien und seinem Vater. Ständig klopfen andere Inder mit einem Empfehlungsbrief seines Vaters an seine Tür. Er fühlt sich verpflichtet zu helfen, weil er selbst auf diese Weise in das Leben und die Wohnung Nandus eindrang, der schon mit 22 anderen Taxifahrern in einer Wohnung in Queens wohnte. Alle hoffen sie, in Amerika ihr Glück zu machen, aber für viele erfüllt sich dieser Traum nicht. Nur aus der

Ferne wirkt das Leben in den USA erstrebenswert. Nach einigen Jahren in der Fremde macht Biju Schluß und kehrt nach Kalimpong zurück, denn er will nicht getrennt von seinem Vater leben. Selbst die Green Card hat er nur noch ersehnt, um mit dieser Trophäe endlich nach Indien zurückgehen zu können. Für *Die Erbin des verlorenen Landes* erhielt die heute in den USA lebende Kiran Desai den renommierten englischen Booker-Preis.

KARS • Die ostanatolische Stadt hat schon bessere Zeiten gesehen. Einstmals diente sie als Vorposten des Osmanischen Reiches und des Russischen Reiches. In der wohlhabenden Stadt, die an der Handelsstraße nach Georgien, Täbris, in den Kaukasus und nach Tiflis lag, lebten Armenier, Perser, Mongolen, Griechen, Georgier, Kurden und Tscherkessen. In stattlichen Palästen feierte man tagelange Feste. Als Orhan Pamuks Dichter Ka nach Kars kommt, schneit es seit Tagen. Er hat den weiten Weg von Istanbul zurückgelegt, um hier nach seiner Kindheit zu suchen. Denn das Istanbul seiner Kindertage existiert nicht mehr. Kars, in einer verarmten Grenzregion gelegen, scheint die Seele zu haben, nach der er Ausschau hält. Er will wieder Turnschuhe der Marke Gislaved sehen. Und er träumt davon, die schöne Ipek zu treffen, die er aus Istanbul kennt, die aber inzwischen in Kars lebt. Ununterbrochen fällt *Schnee* auf die alte Burg, die Brücke, das vierhundertjährige Badehaus und den zugefrorenen Fluß. Er ist dicht, großflockig und ruhig. Die weißen Flocken verdecken Armut und Schmutz. Von den Strommasten hängen riesige Eiszapfen. Krähen und Elstern sitzen in den Pappeln. Dann riegelt das Militär die Stadt ab und inszeniert einen Putsch, um zu verhindern, daß kurdische Nationalisten und Islamisten die in Kürze stattfindenden Kommunalwahlen gewinnen. Der Dichter wird immer tiefer in diese Vorgänge verwickelt. Die heruntergekommene Stadt Kars inspiriert ihn nicht nur zu einem Gedicht, sondern gleich zu einem ganzen Gedichtband.

KERALA • Drei Monate regnet es, wenn der Südwestmonsun einsetzt. Die Pflanzen sind knallgrün und die Regenwürmer glücklich. Boote schippern durch die Basare, und in den Pfützen leben kleine Fische. Moos wächst auf allen Mauern. Christen, Hindus, Muslime und Marxisten leben in Ayemenem, dem Ort, in dem auch die Autorin Arundhati Roy aufwuchs. Die Kindheit der Zwillinge Rahel und Estha, die in den sechziger Jahren in dem kleinen Dorf im indischen Bundesstaat Kerala heranwachsen, ist tragisch und poetisch zugleich. Das Haus der Familie liegt auf einem Hügel, inmitten eines verwilderten Gartens. Seit die Großtante das Gärtnern in Sari und Gummistiefeln für ihre neue

Leidenschaft, das Fernsehen, aufgegeben hat, sprießt das Unkraut in der feuchten Monsunluft. Die Konservenfabrik der Großmutter »Paradise Pickles« stellt Bananenmarmelade und Pickles aus reifen Mangos her. Arundhati Roy, die für *Der Gott der kleinen Dinge* den Booker-Preis erhielt, hat in Interviews immer wieder betont, wie sehr die Landschaft, in der ein Mensch aufwächst, ihn beeinflusse. Sie selbst wuchs am Ufer des Flusses Meenachal in Kerala auf und verbrachte ihre Zeit damit, zu fischen, am Fluß spazierenzugehen und dabei über die Luft und das Wasser nachzudenken.

KIBBUZ HULDA • Als Kind sehnte sich Amos Oz danach, zur neuen Generation der breitschultrigen und braungebrannten Juden zu gehören. Wortkarg, revolutionär und lässig wirkten sie auf ihn. Ganz anders als seine Familie und die Nachbarn im Jerusalemer Stadtteil Keram Avraham, dem Viertel der kleinen Angestellten, in dem alle mehrere Sprachen beherrschten, aber alle mit Akzent. Man liest mehrere Zeitungen am Tag, sehnt sich danach, ein Buch zu schreiben, und hat immer Angst, sich irgendwie lächerlich zu machen. Nur einer der Nachbarn ist handwerklich ausreichend kompetent, ein kleines Loch in eine Wand zu bohren oder einen Dichtungsring am Wasserhahn auszutauschen. Mit knapp fünfzehn verläßt Amos Oz Jerusalem, um ein sonnengebräunter Bauer im Kibbuz Hulda zu werden. Er versucht, die Welt der Worte hinter sich zu lassen. Die Kibbuzniks können, ohne mit der Wimper zu zucken, einem Hahn den Hals umdrehen. Amos lernt Traktorfahren und Wasserleitungen verlegen. Er ist genauso braun wie alle, fühlt sich aber innerlich weiter blaß. Er bleibt ein sentimentaler Schöngeist – zum Glück für seine Leser!

KLOSTER MAULBRONN • Ein Tor mit Rundbogen, ein großer Hof, frühgotische Refektorien, Unter- und Oberkirche, geschnitztes Chorgestühl, der kleine Klostergarten. Maulbronn erscheint unter verschiedenen Namen, wie Mariabronn oder Mariafels, in vielen Werken Hermann Hesses. Er war hier 1891/92 acht Monate lang Schüler im evangelisch-theologischen Seminar. Obwohl er anfangs begeistert von Klosterleben und Schule war, lief er weg und mußte daraufhin das Seminar verlassen. Wie er selbst durchleben Hesses Figuren in *Peter Camenzind* oder *Unterm Rad* die Lebenskrisen der Jugend. Sie sind sensible Künstlernaturen und Genies, die sich gegen die enge, bürgerliche Erwachsenenwelt auflehnen. Hesse rebellierte nicht nur in Maulbronn, sondern auch an anderen Schulen, die er besuchte. Später im Leben, im Rückblick, sah er in dem Kloster eine Insel der Spiritualität und des Geistes. Das mittelalterliche Zisterzienserkloster ist ein würdiger und angemessener Ort für die jugendliche Melancholie und die Verzweiflungen an der Welt.

Köln • Nero Corleone ist ein schwarzer Kater mit einer weißen Pfote, der auf einem italienischen Bauernhof lebt. Als Robert und Isolde, ein deutsches Paar, ihr Ferienhaus beziehen, richtet sich Nero dort häuslich ein. Hier bekommt er immer ein Schälchen Milch, darf sich aufs weiche Sofa legen, und niemand tritt nach ihm. Er wikkelt Robert und Isolde um die Pfote, so daß sie ihn und seine Schwester Rosa mit nach Köln nehmen, wo sie in einem großen Haus mit weichen Teppichen und vielen Schlupfwinkeln leben. Der weitläufige Garten bietet spannende Klettergelegenheiten, ausreichend Mäuse und überwindbare Mauern zu den Nachbargärten. Es gibt gefüllte Teller und keine Sorgen. Bald schon ist Nero der Katzenchef seines Viertels. Mit der bildschönen Karthäuserin, die auf allen Katzenschauen gewonnen hat, hat Elke Heidenreichs *Nero Corleono* in Köln viele kleine Kätzchen.

Komura Gedächtnisbibliothek • Haruki Murakamis Hauptfigur Kafka Tamura haut an seinem fünfzehnten Geburtstag von zu Hause ab. Er ist schüchtern und verbringt sein Leben zum großen Teil in Stadtbüchereien. Der Bus von Tokio nach Takamatsu in Shikoku braucht 10 Stunden. Shikoku liegt im Süden von Japan, das

Klima ist milder, und Kafka hat hier weder Verwandte noch Bekannte, so daß ihn niemand an diesem Ort vermuten wird. Mit der Straßenbahn fährt er am Meer entlang zur privaten Komura Gedächtnisbibliothek. Er gelangt zu einer alten Villa im japanischen Stil. Vor dem Tor wachsen Pflaumenbäume, der Garten hat einen Teich. Kafka verbringt von nun an seine Tage lesend in dem weitläufigen, hohen Bibliothekssaal und dem eleganten Lesesaal mit den bequemen Sesseln. Die Bibliothek ist spezialisiert auf alte japanische Dichtung, aber Kafka findet auch Regale mit Gesamtausgaben der Weltliteratur, Philosophie, Musik, Kunst und Drama, Gesellschaftswissenschaften, Geschichte, Biographien und Geographie. Er freundet sich mit dem Hilfsbibliothekar Oshima, der eigentlich eine Frau ist, und der Bibliothekarin Frau Saeki an. Dann ereignen sich rätselhafte Dinge. Kafka erwacht an einem fremden Ort mit Blut an der Kleidung und kann sich an nichts erinnern. Später erfährt er, daß sein Vater in Tokyo zur gleichen Zeit umgebracht wurde. Er zieht in die Bibliothek ein, und dort erscheint ihm nachts der Geist der fünfzehnjährigen Saeki. Er fragt sich, ob Saeki vielleicht seine Mutter ist. Sein Vater hatte ihm einst von einer Prophezeiung erzählt, er werde seinen Vater umbringen und mit seiner Mutter schlafen, wie Ödipus. Geht sie soeben in Erfüllung?

KONGLE • Um als Ethnologe wirklich akzeptiert zu werden, muß man irgendwo »draußen« gewesen sein bei den »wirklichen Menschen«, auch wenn man wie Nigel Barley der Meinung ist, daß Forschungsergebnisse fast immer mehr über den Forscher als über den Erforschten aussagen. Schon der kamerunischen Botschaft zu erklären, warum er britische Steuergelder verschwenden will, um die rückständigen Gebräuche einiger Bergbewohner zu erforschen, ist schwierig. Doch nachdem er das Visum erhalten hat, kann er das Projekt in Angriff nehmen und zu »seinem« Volk fahren. Die Dowayos in Kongle praktizieren interessante Schädelkulte und Beschneidungsriten. Geduldig erklären sie ihre Familienstrukturen, obwohl ihnen rätselhaft ist, warum ihn das interessiere. Die Dowayos schätzen den Ethnologen, weil er für Abwechslung sorgt und lustige Fehler macht, wenn er in ihrer Sprache redet. Man vermutet hier, daß Weiße abends ihre weiße Haut auszögen und darunter schwarz seien. Daß der Engländer Angst vor Skorpionen und Schlangen hat, kann niemand verstehen, selbst Kinder treten barfuß Skorpione einfach tot. Daß er wiederum vor dem schrecklichsten aller Tiere, der Eule, nicht nur keine Angst hat, sondern extra bremst, wenn sich eine Eule auf der Straße befindet, ist ein weiteres Rätsel. Bei den Wahlen gehen alle wählen und stimmen mit ja, ohne zu wissen, wofür abgestimmt wurde. In Kongle zähle nur, daß man teilnimmt bei einer Wahl.

Nigel Barley gefiel es bei den Dowayos. Er blieb eineinhalb Jahre bei seinem Volk und kehrte später zurück, um nach *Traumatische Tropen* den zweiten Band *Die Raupenplage* zu schreiben.

KONSTANTINOPEL • 1716 begleitete Lady Mary Wortley Montagu ihren Ehemann nach Konstantinopel, der dort als englischer Gesandter zwischen Türken und Österreichern vermitteln sollte.

In den *Briefen aus dem Orient* an ihre Freunde schildert sie die abenteuerliche Reise in der Kutsche durch ganz Europa und ihr Leben in der Türkei. Sie findet fort viel Gutes und ist begeistert von den höflichen Menschen, die ihr Leben im Garten verbringen bei Musik, Wein und Lekkerbissen. Auch im Februar scheint die Sonne, Rosen und Nelken blühen, und sie kann von ihrem Palast in Pera auf Konstantinopel, den Hafen, den Serail und die Berge Asiens schauen. Sie freundet sich mit den türkischen Damen an und erhält Einblicke in die Welt des Harems, die männlichen Reisenden vorenthalten bleiben. Die Frauen erscheinen ihr nicht unfreier als die Europäerinnen. Wegen der Verschleierung können sie ihre Liebhaber besuchen gehen, ohne daß jemand sie auf der Straße erkennt. Im Hamam, dem Bad und gleichzeitig dem Kaffeehaus der Frauen, ruhen sie nackt auf weichen Kissen, lassen sich von Sklavinnen die Haare flechten, trinken Kaffee und plaudern. Selbst die türkische Kleidung, die sie nun trägt, erscheint Lady Mary bequemer. Nur widerwillig kehrt sie 1718 mit ihrem Mann zurück nach England.

Kôr • Leo Vincey kann seine Ahnen bis ins Jahr 339 vor Christus zurückverfolgen. Damals flüchteten die Pharaonenprinzessin Amenartas und der griechische Priester Kallikrates aus Ägypten und gelangten nach Kôr im Inneren Afrikas. Hier, nördlich des Sambesi, herrscht *Sie* seit über zweitausend Jahren. Einst verliebte sie sich in Kallikrates und ließ ihn umbringen, weil er seiner Frau Amenartas treu bleiben wollte. Diese schwor Rache, und jedes Mitglied der Familie ist seitdem verpflichtet, diese Rache auszuüben. Auf dem Fluß gelangen Leo Vincey und seine Gefährten ins Landesinnere. Tagelang durchqueren sie die Sümpfe, bis sie zum Volk der Amhaggar gelangen, das von der Welt abgeschnitten lebt und deren Herrscherin *Sie* ist. In einer Ebene erhebt sich ein kreisrunder Berg, ein ehemaliger Vulkan. Im Krater stand einstmals die mächtige Stadt Kôr. Hier lebten die Vorfahren der alten Ägypter. Von hier brachen sie nach Norden auf. Und in den Höhlen von Kôr lebt auch seit über 2000 Jahren Ayesha, *Sie*, die Herrscherin, und wartet auf die Rückkehr von Kallikrates. In der Flammensäule des ewigen Lebens wurde sie unsterblich und schöner als alle anderen Menschen.

Im 19. Jahrhundert, als Sir Henry Rider Haggard seinen phantastischen Roman schrieb, war das Innere Afrikas noch eine unerforschte Gegend, in die kein Europäer jemals gelangt war.

KUNSTHISTORISCHES MUSEUM • Seit dreißig Jahren geht der Thomas-Bernhard-Protagonist Reger jeden zweiten Tag in die Gemäldegalerie des Kunsthistorischen Museums. Immer vormittags um halb elf. Der Saaldiener Irrsigler, der seit fünfunddreißig Jahren auf dem Posten ist, hält ihm die Bank im Bordone-Saal mit Blick auf den Weißbärtigen Mann von Tintoretto frei. Im Bordone-Saal herrscht genau die richtige Temperatur von achtzehn Grad, die der Musikkritiker Reger zum Nachdenken braucht. Daß es im Museum ein wenig düster ist, beflügelt seine Gedanken und läßt ihn meditieren. Mittags geht er ebenfalls seit dreißig Jahren ins Astoria essen, dann ab halb drei ins Ambassador, wo die Raumtemperatur dreiundzwanzig Grad beträgt und für den Nachmittag angemessen ist, aber nicht zum Denken taugt. Das Kunsthistorische Museum ist seine »Geistesproduktionsstätte«, das Ambassador seine »Gedankenaufbereitungsmaschine«. Obwohl Reger auch die *Alten Meister* immer abgelehnt hat, kann er im Bordone-Saal wunderbar allein sein und hat hier auf der Bank vor langer Zeit seine inzwischen verstorbene Frau kennengelernt.

Kyoto • Über 1000 Jahre war Kyoto die Hauptstadt Japans. Hier entstand etwa um 1001 bis 1015 während der Heian-Zeit der erste Klassiker der japanischen Literatur *Die Geschichte vom Prinzen Genji*. Die Autorin Murasaki Shikibu war eine Hofdame der Kaiserin Akiko. Die adligen Frauen lebten zur Heian-Epoche weitgehend abgeschnitten von der Außenwelt. Meistens taten sie gar nichts, gingen ab und zu in den Tempel, musizierten, machten kalligraphische Übungen und lasen sich gegenseitig vor. Mit Genji schufen sie sich ihre eigene Literatur. Das Buch war ein Bestseller am Hof in Kyoto im 11. Jahrhundert. Der schöne Genji ist der Sohn des Kaisers und einer seiner Frauen. Er erlebt das, was die adligen Frauen nicht erleben aufgrund ihrer abgeschiedenen Lebensweise. Murasaki schreibt über seine Liebesabenteuer und die Intrigen und Skandale am kaiserlichen Hof. Genji schreitet nach seinen Abenteuern im Morgengrauen durch die nebelverhangenen Gärten von Kyoto. Er reitet in die Berge, wo die Kirschbäume blühen. Er besucht die buddhistischen Tempel mit ihren Nonnen und Mönchen. Durch Genji erleben wir, wie man im alten Japan dachte und fühlte, womit man sich die Zeit vertrieb, wie man sich kleidete und welche Feste man feierte.

LAPPLAND • Jedes Jahr im Frühling ziehen die Wildgänse über das südschwedische Schonen auf ihrem Weg nach Norden. Hoch aus der Luft rufen sie den Hausgänsen zu, doch mitzukommen in die Freiheit und die weite Welt. Der junge Gänserich Martin kann nicht widerstehen. Er will beweisen, daß auch Hausgänse etwas taugen und bis nach Lappland fliegen können. Nils Holgersson ist gerade erst in einen Däumling verwandelt worden, als der Hausgänserich Martin aufbricht. Noch hat er nicht realisiert, wie klein er ist. Statt daß er den Gänserich aufhält, wie er es vorhatte, findet er sich auf dessen Rücken wieder. Er und Martin werden Freunde, und bald akzeptiert sie auch die alte Leitgans Akka von Kebnekajse. Denn Martin überwindet seine anfänglichen Flugschwierigkeiten – als Hausgans ist er solch weite Strecken nicht gewohnt –, und Nils rettet seine neuen Freunde vor dem Fuchs Smirre. Zum ersten Mal in seinem Leben hat Nils wirkliche Freunde, denn als er noch groß war, war er ein unangenehmer Junge, der Tieren und Menschen nur dumme Streiche spielte. Bald ist es ihm lieber, klein zu bleiben und mit den Gänsen zu reisen, als wieder groß zu werden. Auch er will unbedingt nach Lappland. Auf dem Rücken von Martin oder Akka, des Adlers Gorgo oder des Raben Bataki fliegt er über Wälder, Seen, Wasserfälle, Flüsse, Städte, Bergwerke und Inseln. Er erlebt den Kampf der schwarzen Ratten mit den grauen Ratten, wird von Bären gefangengenommen und gerät in den Streit mit den eitlen Schwänen. Den Sommer verbringt er in einem Gebirgstal in Lappland, unterhalb von Gorgos Adlernest, das hoch oben auf den Felsen liegt. Im Oktober folgt der Aufbruch nach Süden. Nils wird wieder groß, nimmt Abschied von seinen Freunden, die weiter nach Süden ziehen, und Martin, der nun bewiesen hat, daß Hausgänse es auch bis Lappland schaffen, zieht mit seiner neuen Familie – unterwegs hat er die Graugans Daunenfein kennengelernt – wieder auf den Hof von Nils' Eltern in den bequemen Stall. *Nils Holgersson* war als Schulbuch für schwedische Volksschulen geplant, um den Kindern die Landschaften, die Märchen und Sagen Schwedens näherzubringen. Es wurde das erfolgreichste Buch der Nobelpreisträgerin Selma Lagerlöf.

Les Jardies • 1838 fühlte sich Balzac komplett umzingelt: von Gläubigern und Gerichtsvollziehern und von Verlegern, die darauf drängten, daß er die bevorschußten Romane und Artikel lieferte. Obwohl er zwei Wohnsitze in Paris hatte, damit er sich in einem verstecken konnte, waren inzwischen alle Adressen bekannt. Und auch bei Freunden war er nicht mehr sicher. Er kaufte deshalb ein Grundstück außerhalb von Paris an der Straße nach Versailles. Es lag nahe genug, daß er ab und zu in die Oper gehen konnte, er würde aber vor den Gerichtsvollziehern erst mal Ruhe haben, so dachte er. Für den Kauf des Grundstücks und den Bau des Hauses mußte er erneut Schulden machen. Das Haus war klein und ungemütlich, aber es lag auf einer Anhöhe, von der aus man auf Paris blicken konnte. Balzac plante, Ananas anzubauen, der Garten war für Bäume zu steil. Nach zwei Jahren in Les Jardies war Balzac nicht nur bei all seinen Freunden verschuldet, er hatte auch Geld von seinem Gärtner, seinem Wäscher und seinem Metzger geliehen. Inzwischen hatten die Gläubiger und Gerichtsvollzieher seine Adresse herausbekommen. Um seinen Gläubigern entgegenzukommen, ließ er Les Jardies versteigern, setzte aber heimlich einen Strohmann als Käufer ein. So kamen die Gläubiger nicht an allzu viel Geld, und Balzac blieb heimlich Besitzer von Les Jardies. Aber hier war er nun nicht mehr sicher.

LESBOS • In Mytilene sammelte die Dichterin Sappho einen Kreis junger Mädchen um sich, die sie in den musischen Künsten, feiner Sitte und häuslicher Arbeit unterrichtete. Zu ihrer Hochzeit kehrten die Mädchen nach Hause zurück. Sappho und ihre Schülerinnen tanzten und sangen bei Götterfesten, zu denen Sappho die Lieder dichtete. Man huldigte der Göttin Aphrodite. Wenn ihre Lieblingsschülerinnen sie verließen, schrieb sie ihnen wehmütige Gedichte, die an die schöne Zeit erinnerten. Auch andere Damen auf der Insel Lesbos, die Sappho als ihre Rivalinnen sah, sammelten einen Kreis junger Mädchen um sich, so Andromeda und Gorgo. Auch über ihre Insel schrieb Sappho. Liebliche Täler mit Wiesen voller Frühlingsblumen, Haine von Apfelbäumen, Altäre, die von Weihrauch dampften.

LINDENHOF • Die Schulzeit der Zwillinge Hanni und Nanni im Mädcheninternat ist stets abwechslungsreich. Wie sind die Neuen, die in die Klasse kommen? Wer ist mit wem befreundet? Wer ist verkracht? Die Ferien sind nur eine kleine Unterbrechung, denn das wahre Leben spielt sich in Lindenhof ab. Alle Personen sind spannend: die hysterische Französischlehrerin Mamselle, das Zirkusmädchen Carlotta, Bobby und Jenny, Carla und Marianne, Mamselles Nichte Claudine und die vernünftige Klassensprecherin Hilda. Es werden verbotene Mitternachtspartys gefeiert, Hockey und Streiche gespielt, bei Schulaufführungen zeigt jede, was sie kann. Stille Mädchen erkennen hier ihre Talente und finden Freundinnen, laute Mädchen ordnen sich ein, und traurige werden von der Gruppe getröstet. Natürlich kommen auch manchmal bösartige Petzen oder Angeberinnen nach Lindenhof – aber meistens bleiben sie nicht lange. Im englischen Original heißt das Internat St. Clare's, die Namen der Zwillinge lauten Pat und Isabel, und Enid Blyton hat nur sechs Folgen der Hanni und Nanni-Reihe geschrieben. Auf deutsch aber gibt es unzählige Bände, die alle unter ihrem Namen laufen, um die Sucht der Hanni und Nanni-Leserinnen zu stillen, von denen heute nicht wenige die Schulzeit schon lange hinter sich gelassen haben.

LISSABON • Raimund Gregorius hat über dreißig Jahre Latein und Griechisch in Bern unterrichtet. Spontan bricht der passionierte Schachspieler aus seinem gleichmäßigen Leben aus und nimmt den *Nachtzug nach Lissabon*. Dort ist es hell und warm. In einem Antiquariat hat er ein Buch des Arztes Amadeu de Prado gefunden, auf dessen Spuren er sich begibt. In Lissabon probiert er aus, wie es wäre, das Leben eines anderen zu leben. Er raucht, fährt Auto, sitzt im Straßenlärm im Café – all das hat er in seinem vorherigen Leben nicht getan oder seit langem aufgegeben. Er läßt sich eine neue Brille machen und kauft Kleidung, wie er sie noch nie getragen hat. Nach und nach lernt er alle Menschen kennen, die für den lange verstorbenen Amadeu de Prado wichtig waren. Auf einmal hat Pascal Merciers Mitfünfziger neue Freunde und ein völlig anderes Leben.

LÜBECK • Thomas Mann ist sein Leben lang Lübecker geblieben. Nicht nur in seinen Romanen, sondern auch in der Wirklichkeit. Egal, ob er gerade in München, Los Angeles oder in der Schweiz wohnte. Denn Lübeck ist, nach Meinung des Schriftstellers, eine geistige Lebensform. Der Lübecker ist ein Patrizier und Städter. Er ist ein Bürger, der sich lieber in der Mitte aufhält und nicht zu Extremen neigt. Seine Vorfahren sind Kaufleute und Handwerker. Der Lübecker könnte auch aus Marseille, der Schweiz oder Holland kommen, dort, wo Handelsschiffe ankommen, man weltoffen ist, aber doch ein wenig kaufmännisch-hanseatisch kühl.

MACONDO • Im Sommer 2006 hielt der kleine kolumbianische Ort Aracataca eine Volksabstimmung ab, um den Ort in Macondo umzubenennen. Denn Aracataca ist der Geburtsort von Gabriel García Márquez und das Vorbild für Macondo in *Hundert Jahre Einsamkeit.* Die Umbenennung konnte nicht stattfinden, weil die Wahlbeteiligung zu gering war – dabei waren sich die Einwohner alle einig, daß die Umbenennung den Tourismus fördern würde. Das Scheitern der Abstimmung wurde von vielen als typisch für das tragische Schicksal von Macondo/Aracataca gesehen.

Die Familie Buendía gehört zu den Gründern von Macondo, einem Dorf mit zwanzig Häusern aus Lehm und Bambus am Ufer eines Flusses mit kristallklarem Wasser. Die Familiengeschichte der Buendías über mehrere Generationen steht für die Geschichte Kolumbiens. Oberst Aureliano Buendía kämpft im Bürgerkrieg, die Eisenbahn kommt nach Macondo, gefolgt von den Amerikanern, die hier Bananenplantagen anlegen. Der Streik der Plantagenarbeiter beruht ebenso auf einem tatsächlichen Vorfall wie die darauffolgenden großen Überschwemmungen und der Abzug der United Fruit Company. Macondo erlebt einen kurzen Höhepunkt zur Zeit der Bananenplantagen, dann verfällt die kleine Stadt, die immer wieder von der Geschichte überrollt worden ist. Nach all dem Trubel und der Goldgräberstimmung wird sie wieder zu einem Ort, an dem Frauen auf der Veranda handarbeiten und Männer in der Mittagshitze in ihrer Hängematte ein Schläfchen halten, bevor sie zum Dominospielen zu Freunden gehen. Überall sind Spinnenweben und Ameisen. Das Unkraut wuchert. Das Haus der Familie Buendía ähnelt dem der Großeltern von Gabriel García Márquez, in dem er aufgewachsen ist. Der Name Macondo stammt von einer Bananenfarm in der Nähe von Aracatara. Der Begriff bezeichnet die Banane in einer afrikanischen Sprache und wurde von den Sklaven nach Südamerika mitgebracht. Die Abstimmung über die Umbenennung des Ortes soll nun wiederholt werden.

Malagueta • Die ehemaligen Sklaven Sebastian und Jeanette Cromatine wollen die Erde ihrer Vorfahren bebauen. Sie kehren aus Amerika zurück nach Afrika. Mit anderen Freigelassenen bauen sie die fiktive Stadt Malagueta auf, die den wirklichen Ländern Sierra Leone – der Heimat des Autors – und Liberia ähnelt. Syl Cheney Coker erzählt in *Der Nubier* von den Erlebnissen der Rückkehrer, aber auch die Geschichte der Völker und Menschen, die schon immer dort lebten und auf die die christlichen Amerikaner nun stoßen. Die neu Eingewanderten sehnen sich nach einem Land, das ihnen gehört, müssen aber immer wieder gegen die ursprünglichen Bewohner des Landes wie auch gegen die Engländer kämpfen, die das Land kolonialisieren wollen und es einfach mit Gewalt beschlagnahmen. Immer neue Rückkehrerwellen kommen in Malgueta an, die vor allem eins eint: das Land unerträglicher Kälte hinter sich zu lassen und so viele Meilen wie nur möglich zwischen sich und die Vergangenheit zu legen. Man fällt Bäume, gräbt Brunnen in die Tiefe und baut Häuser, von denen die Einwohner aufs Meer blicken können, wenn sie in ihren »von salzigen Winden liebkosten, sonnendurchfluteten Wohnzimmern« sitzen. Bald hat die Stadt an den Hügeln einen Hafen, Bars, Huren, eine Schule, eine Buchhandlung, Priester, Ärzte und Hebammen. Jeanette Cromatine handelt mit Palmöl, Reis und Ananas. Doch auch auf die

Engländer übt die Stadt eine große Faszination aus. Immer wieder versucht Captain Hammerstone, die Stadt mit den Eukalyptusalleen und den mit Gardenien bepflanzten Veranden zu besiegen und sie endlich der englischen Fahne zu unterstellen. Als die Engländer die Stadt übernehmen, geraten einige der Gründer wieder in Gefangenschaft und werden dort eingesperrt, von wo ihre Vorfahren einst als Sklaven nach Amerika verschifft wurden.

MALEDIVEN • Der Marokkaner Ibn Battuta verließ seine Heimat 1325, um nach Mekka zu pilgern. Erst fünfundzwanzig Jahre später kehrte er nach Tanger zurück und diktierte seine Erlebnisse auf Wunsch des Sultans dem Dichter Mohammed Ibn Dschuzaj. Er bereiste die arabische Welt, die Küste Ostafrikas, kam nach Byzanz und ans Schwarze Meer und schloß sich einer Karawane nach Indien an, wo er acht Jahre als Richter für den Sultan von Dehli arbeitete. Dieser beauftragte ihn, China zu erkunden. Für eineinhalb Jahre unterbrach er seine Reise nach China auf den Malediven. Die 2000 Inseln zählten für ihn zu den Weltwundern. Etwa hundert der Inseln lagen wie ein Ring beieinander und hatten eine Art Pforte als Einfahrt. Sie lagen so nah zusammen, daß man die Kronen der Palmen von einer Insel zur anderen sehen konnte. Die Bewohner waren fromme Muslime und ernährten sich vor allem von Fisch und Kokosnüssen. Diese Ernährung lieferte den Einwohnern eine merkwürdige Kraft bei der Ausübung des Beischlafs. Auch Ibn Battuta heiratete während seines Aufenthalts auf dem Archipel vier Frauen, mit allen schlief er jeden Tag und auch noch mit seinen Konkubinen. Die Heiratssitten waren sehr einfach. Lief ein Schiff den Hafen an, dann verheiratete sich die Mannschaft mit Insulanerinnen, lief das Schiff wieder aus, ließ man sich wieder scheiden. Es gab hier schöne Moscheen aus Holz, und die Bewohner der Inseln waren sehr reinlich. Die meisten wuschen sich zweimal am Tag und parfümierten sich angenehm. Auch die Gassen waren sauber, und überall wuchsen Bäume wie in einem Park. Die Männer trugen einen Schurz um ihre Mitte und ein Kleidungsstück, das Wilyan hieß, um ihre Schultern. Dazu einen Turban. Alle Bewohner gingen barfuß. Die Frauen veschleierten sich nicht und trugen nur einen Rock vom Nabel bis zum Boden. Ibn Battuta, der als islamischer Gelehrter auch hier das Amt eines Richters ausübte, versuchte, die Frauen dazu zu bringen, ihren ganzen Körper zu bedecken, scheiterte aber. Nur bei seinen Gerichtsverhandlungen konnte er dies durchsetzen. Auch andere Sitten auf der Inselgruppe schienen ihm zu locker. Mit seiner Strenge machte er sich nicht nur Freunde auf den von einer Sultanin namens Khadija regierten Inseln. Ibn Battuta reiste weiter nach China über

Ceylon und Kambodscha, wo man seinen Elefanten vor dem Laden anband, wenn man etwas einkaufen ging.

MALLORCA • Eine Schriftstellerin war die erste Mallorca-Urlauberin. Im Herbst 1838 reiste George Sand mit der Postkutsche und dem Schiff von Paris nach Palma. Man hatte ihr gesagt, daß das Klima dort dem Rheuma ihres Sohnes Maurice guttun würde. Ihr Liebhaber Chopin wollte ebenfalls mit auf die entlegene Insel, trotz seiner angeschlagenen Gesundheit. Frische Luft, Ruhe und Spaziergänge würden allen bekommen, sagte man sich. Die Schriftstellerin sehnte sich danach, mehr Zeit zu haben, keine Briefe schreiben zu müssen, keine Zeitung zu lesen, keine Besuche zu empfangen und immer im Hauskleid rumlaufen zu können. Doch es kam anders. Der Winter war verregnet und kalt. Es gab keinen einzigen Gasthof in Palma. Die Familie Sand/Chopin mietete sich siebzehn Kilometer außerhalb in der Kartause von Valldemosa ein. Dort bekam der schwindsüchtige Chopin eine Lungenentzündung. Die Dorfbewohner verhielten sich feindselig, weil die Urlauber nicht in die Kirche gingen. Die Schriftstellerin beschreibt sie als habsüchtig, faul, unfreundlich, unehrlich und frömmelnd. Sie waren schockiert, daß George Sands neunjährige Tochter in Hosen durch Täler und Berge streifte. Ursprünglich hatte man den

Aufenthalt für zwei Jahre geplant, aber schon nach vier Monaten war man heilfroh, wieder zurück in die Zivilisation zu kommen. Der Mensch sei nicht geschaffen, um mit den Bäumen und Steinen, dem klaren Himmel und dem blauen Meer, mit Blumen und Bergen zu leben, sondern mit seinesgleichen, den Menschen, war das Fazit, das die Französin für sich zog. Der Traum von der einsamen Insel war für George Sand nach diesem *Winter auf Mallorca* ausgeträumt.

Mamas Restaurant • Hängt der weiße Drache im Fenster, dann ist die Luft rein. Der blaue Drache bedeutet, daß die Polizei da ist, der rote Drache zeigt Gefahr an. Geld wird in Chinatown vor allem mit dem Glücksspiel und mit Drogen verdient. Bei Mama sind die Preise hoch und das Ambiente schäbig, damit sich nicht zu viele Gäste hierher verirren. Für Burke, den in der New Yorker Unterwelt operierenden Detektiv, dient das Restaurant als Hauptquartier und Büro. Mama ist zwischen 50 und 90. Sie sieht aus, als käme sie gerade aus einem Schönheitssalon der fünfziger Jahre. Glänzendes schwarzes Haar, hoch aufgesteckt zu einem Dutt, ein blaues Seidenkleid mit einem hohen Kragen und eine Perlenkette aus Jade. Burke hat eine Nische hinten im Restaurant. Wenn er seine Besprechungen abhält, hängen die sogenannten Kellner und Köche, die immer schwer bewaffnet sind, das »Geschlossen«-Schild raus. Unter dem Restaurant befinden sich auf zwei Stockwerken Keller, in denen geheime Verhöre und Sitzungen stattfinden. Die einzige Telefonnummer, die Burke herausgibt, gehört zum Münzfernsprecher in Mamas Restaurant. Mama ist immer da und nimmt Nachrichten entgegen. Bei Mama trifft der Detektiv von Andrew Vachss sein Team: Max, den taubstummen mongolischen Kämpfer, der in der Gasse hinter dem Haus ein chinesisches Grafitto angebracht hat, das dafür sorgt, daß die Parkplätze immer frei sind. Michelle, die transsexuelle Prostituierte, und der Prof, der im Gefängnis Burkes Lehrer war.

MARSEILLE • Die letzten Sonnenstrahlen beleuchten die Fähre, die Kurs auf Korsika nimmt. Marseille ist voller Leben, und doch wissen die Einwohner, daß sie ihr Leben verfehlt haben, daß sie die Träume der Jugend nicht verwirklichen konnten und es nun zu spät ist. Das Leben ist tragisch und gefährlich – ein antikes Drama, in dem der Held der Tod ist. Jean-Claude Izzos melancholischer Detektiv Fabio Montale kann sich nicht vorgaukeln, daß eine der wunderbaren Frauen, die seinen Weg kreuzen, tatsächlich seine große Liebe ist. Seine besten Jugendfreunde wurden erschossen. Er sitzt vor seinem Fischerhaus und angelt. Es ist heiß in Marseille, und manchmal bläst der Mistral eiskalt. Es duftet nach Pfefferminze und Basilikum. Von überall sieht man das Meer und den Hafen. Steile und enge Gassen durchziehen die Altstadt. Schon immer war Marseille eine Stadt der Einwanderer. Auch Jean-Claude Izzo hatte italienische, spanische und arabische Vorfahren.

MEADOWLARK • Auf dem Anwesen »Weidenlerche« von Clares Eltern in Michigan gibt es eine kleine Lichtung zwischen den Obstbäumen. Hier trifft die sechsjährige Clare zum ersten Mal den Zeitreisenden Henry. Er kommt aus einer gemeinsamen Zukunft. Aufgrund eines genetischen Defekts tritt er unfreiwillig immer wieder Reisen in die Zukunft oder die Vergangenheit an. Als die zwanzigjährige Clare dem achtundzwanzigjährigen Henry in der Gegenwart begegnet, kennt er sie noch nicht. Die Besuche auf der kleinen, romantischen Lichtung hat er in einem späteren Alter unternommen. Unfreiwillig muß Henry Clare, *Die Frau des Zeitreisenden*, immer wieder verlassen und kehrt doch immer wieder zu ihr zurück. Denn auf seinen Reisen durch die Zeit schickt ihn Autorin Audrey Niffenegger immer wieder an denselben Ort: Meadowlark. Die Reisen durch die Zeit machen diese Liebe zu einer Romanze, die nie endet.

MEKKA • Als ihre zweite Ehe scheiterte, faßte die Psychologin Michaela Özelsel den Vorsatz, sich

Klarheit über ihr Leben zu verschaffen und in Zukunft bewußter zu leben. Die zum Islam übergetretene Deutsche beschloß den Hadsch, die jährliche Pilgerreise nach Mekka, mitzumachen, um eine Zeitlang nur mit Gebet und Meditation zu verbringen. Sie buchte eine von einer türkischen Partei organisierte Kurz-Hadsch, die speziell für Geschäftsleute gedacht ist, die es sich nicht leisten können, die üblichen vier Wochen an den heiligen Stätten zu verbringen, und deshalb auf zwei Wochen verkürzen. Mit einem Pilger-Charterflug von Saudi Arabian Airlines gelangte die schon in weiße Pilgergewänder gehüllte Gruppe in das Land Mohammeds. Im Flugzeug sprach der Kapitän ein Reisegebet, und man verbrachte den Flug singend und betend. Die heiligste Stadt des Islam war voll mit Pilgern aus aller Welt, denn es ist die Pflicht jedes Muslims, einmal im Leben nach Mekka zu pilgern. Michaela Özelsel umkreiste die Ka'aba, das innerste Heiligtum, siebenmal und betete mit Hunderttausenden in der großen Moschee, die um die Ka'aba gebaut ist. Ihre Gruppe besichtigte auch die anderen heiligen Stätten wie die Stelle, an der einstmals das Geburtshaus Mohammeds stand oder der Friedhof, auf dem Khadija, die erste Frau des Propheten, begraben ist. Zwischendurch gingen die Frauen shoppen, und die Nächte verbrachte man plaudernd wie auf einer Klassenreise. Weil wenig geschlafen wurde, waren alle äußerst erschöpft. Dann folgte der Tag, an dem alle in die Ebene Arafat fuhren zum Berg der Barmherzigkeit und »Vor Allah stehen«. Das Wukuf, das Verweilen vor Allah, ist das zentrale Ereignis des Hadsch. Es war sehr heiß, um die fünfzig Grad, und mit der deutschen Psychologin waren etwa drei Millionen andere Pilger in der Ebene. Danach brachen alle auf total verstopften Straßen nach Muzdalifa auf, um nachts 25 Kilometer durch die Wüste zu wandern und am nächsten Morgen den großen Schaitan, den Teufel, zu steinigen. Hier herrschte das größte Gedränge, da alle zu der Säule wollten, die den großen Schaitan symbolisiert. Dreizehn Menschen starben an diesem Tag bei der Steinigung des großen Schaitans. Nach zwei Wochen ging es zurück nach Frankfurt, und es begann ein neues Leben als Hadscha für die deutsche Psychologin.

MEXIKO • Catalina heiratet mit 15 den viel älteren General Andrés Ascencio. Er ist ein mächtiger Mann und wird bald Gouverneur von Puebla. Catalina führt das privilegierte Leben einer Politikergattin im Mexiko der dreißiger Jahre. Als sie hört, daß ihr Mann seine Gegner ermorden läßt, glaubt sie es erst nicht. Aber die Verbrechen und die Mätressen des Generals sind Stadtgespräch, angeblich läßt er die Straßen mit den Leichen seiner Gegner pflastern. Catalina dirigiert Heerscharen von Kindern und Dienstboten, veranstaltet Bankette und trägt teure Pelze. Sie wird Präsidentin des Wohlfahrtsverbandes, und während ihr Mann Politik macht und Morde anordnet, ist sie für die Kinder, Kranken und Irren zuständig. Mit 30 verliebt sie sich in den Dirigenten Carlos, der kurz darauf von Andrés' Schergen umgebracht wird. Auch der Freund ihrer Stieftochter stirbt bei einem Unfall, weil Andrés will, daß sie den Sohn eines einflußreichen Geschäftsmannes heiratet, der ihm nützlich sein könnte. Die Frau eines von Andrés Ermordeten bringt Catalina Schwarzes Zitronenkraut mit, daraus kann man einen Tee brauen, der gegen Schmerzen hilft und belebt. In Maßen getrunken, tut er gut, aber wenn man zuviel davon zu sich nimmt, stirbt man. Andrés ist begeistert von dem Tee und trinkt ihn kannenweise. Catalina genehmigt sich ab und zu ein Täßchen und wartet geduldig ab. Als Andrés stirbt, hat sie das Land von einem korrupten Mörder und sich selbst aus einer entsetzlichen Ehe befreit. Sie hat ihren Liebhaber und den Freund ihrer Stieftochter gerächt. Sie blickt heiter und glücklich in die Zukunft. Das Erbe wird unter all den Frauen und Kindern, die Andrés hinterläßt, gerecht verteilt. So tanzt man bei Autorin Angeles Mastretta den *Mexikanischen Tango*.

MIDAQ-GASSE • Nagib Machfus verließ Kairo nur ungerne und sehr selten. Selbst den Literaturnobelpreis mußten seine Töchter für ihn entgegennehmen. Die meisten seiner Romane spielen in den lebendigen Gassen der Altstadt von Kairo, im kleinbürgerlichen Viertel Gamaliya. Hier ist Nagib Machfus aufgewachsen als Sohn eines kleinen Beamten. In der Midaq-Gasse im Herzen des Viertels leben und lieben seine Protagonisten, die Friseure, schöne Frauen, Kaffeehausbesitzer, Geschäftsleute, Ärzte oder Bonbonverkäufer. Für Nagib Machfus war Kairo ein Mikrokosmos der ganzen Welt. Zum Verreisen hatte er einfach keine Lust, denn in Kairo gab es alles.

Mississippi • Als Pseudonym wählte Samuel Clemens ein altes Kommando der Mississippi-Lotsen: Mark Twain. Dies bedeutete, daß die Wassertiefe zwei Faden betrug, was für die großen Raddampfer ausreichend tief war, um nicht auf Grund zu laufen. Mark Twain selbst war vier Jahre lang Lotse auf dem Fluß, von dem er jede Biegung, Stromschnelle oder Untiefe kannte. Auf einem Dampfboot zu arbeiten war sein Jugendtraum. Nur weil der amerikanische Bürgerkrieg den Handel zum Erliegen brachte, zog er vom Mississippi weg nach Westen und suchte sich einen neuen Beruf als Journalist und Schriftsteller. Seine berühmtesten Bücher, *Tom Sawyer* und *Huckleberrry Finns Abenteuer,* sind voller Sehnsucht nach dem großen weiten Strom. Das kleine Hannibal, wo Mark Twain aufwuchs und wo der

Fluß eine Meile breit ist, gilt allgemein als Toms und Hucks Heimatort St. Petersburg in Missouri. In seinen Büchern hängt Mark Twain seinen Kindheitserinnerungen am Mississippi nach: faul auf Sandbänken herumliegen, fischen und den Fang über dem Feuer grillen, sich auf den Inseln im Fluß verstecken, Schule schwänzen, auf einem Floß fahren und schwimmen.

Mittelpunkt der Erde • Professor Lidenbrock und sein Neffe stoßen auf eine alte isländische Schrift, in der Arne Saknussemm, ein Gelehrter aus dem 16. Jahrhundert, über seine Reise zum Mittelpunkt der Erde berichtet. Der Professor – ein echter Forscher und Abenteurer – und sein Neffe begeben sich auf den Spuren des berühmten Alchemisten nach Island. Sie steigen in den Krater des Vulkans Sneffels, von wo ein langer Gang ins Erdinnere führt. Nach Tagen im Inneren des Berges, als sie fast schon die Hoffnung aufgegeben haben, jemals wieder herauszufinden, erreichen sie ein großes Meer, in dem es Dinosaurier und längst ausgestorbene Pflanzenarten gibt. Sie sind im Erdinneren. Nach zahlreichen Abenteuern gelangen sie durch den italienischen Vulkan Stromboli wieder an die Erdoberfläche.

Moerangi • Drei Wochen Ferien verbringen die Malerin Kerewin, der Maori Joe und sein

Ziehsohn Simon in einer Strandhütte in Moerangi auf der Südinsel Neuseelands. Weißer Schaum bedeckt die Wellen, die Luft ist voller Sprühnebel. Die Felsen sind schwarz, gezackt, naß und mit Algen bedeckt. Man hört das Donnern und Zischen des Brandungslochs. Die Wellen klatschen gegen die Felsen. Nicht allzu weit draußen vor der Küste liegt die Felseninsel Maukiekie, auf der Kormorane nisten. Wenn der Wind nachläßt, kann man im kleinen Boot aufs Meer hinausfahren und angeln. Barracudas, Trompetenfische, Kelpfische, Klippenbarsche. Manchmal sieht man Pinguine und Sturmvögel, die Joe Toroa nennt. Simon sammelt Muscheln und ausgedörrte Taschenkrebse am Strand. Keri Hulmes Protagonisten aus *Unter dem Tagmond* wachsen in der kleinen Hütte zur Familie zusammen, die gemeinsam durch dick und dünn gehen wird, während um sie Wind und Wellen tosen.

MOND • Der Vollmond bringt Cyrano de Bergerac auf die Idee, zum Mond zu reisen. Eine selbstgebaute Maschine katapultiert ihn in den Himmel und läßt ihn auf dem Mond landen. Dort findet er sich in einer lieblichen Landschaft wieder, sein Antlitz erblüht, sein Körper verjüngt sich. Er ist im Paradies gelandet, denn der Garten Eden liegt auf dem Mond. Von hier wurden Adam und Eva auf die Erde vertrieben, und auch Cyrano fliegt raus, als er in einen Apfel beißt, den er von einem Baum geklaut hat. Nun gelangt er in ein Land, in dem Tiermenschen auf allen vieren laufen und die ihn für einen Affen halten, weil er sich wie diese auf zwei Beinen fortbewegt. Er sitzt in einem Käfig, und die vierbeinigen Menschen werfen ihm Nüsse zu. Weil er behauptet, daß der Mond eine Erde sei, von der er komme, wird er von den Priestern angeklagt und soll Abbitte leisten. Die Häuser in diesem Land stehen auf Rädern, die ein Segel haben und von großen Blasebälgen angetrieben werden. So kann die Stadt zu jeder Jahreszeit dorthin ziehen, wo die Luft angenehm ist. Sein Aufenthalt endet, als der Teufel ihn und seinen Gastgeber wegen ihrer beider ketzerischen Gedanken durch den Kamin mitnimmt und wieder auf die Erde bringt. Cyrano de Bergerac lebte im 17. Jahrhundert, als Galileo Galilei seinen Theorien abschwören mußte, weil es als ketzerisch galt zu behaupten, daß die Erde nur ein Planet unter anderen Planeten sein könne. Die kopernikanische Theorie des »unendlichen Universums« wurde von der Kirche nicht akzeptiert. In Europa brannten noch die Scheiterhaufen. Der Gedanke, daß das Universum belebt sein könnte, war ein schwerer Angriff gegen das kirchliche Dogma. *Die Reise zum Mond* erschien denn auch erst nach Cyranos Tod und nur in einer zensierten Fassung, bis man sich schließlich Anfang des 20. Jahrhunderts traute, die unzensierte Version zu veröffentlichen.

Monk's House • Virginia und Leonard Woolf verbrachten die Sommer und die Wochenenden auf dem Land in Sussex, um konzentriert arbeiten zu können. In London war das Leben oft zu gesellig. Als die Woolfs das Haus kauften, gab es dort kein Bad, keine Toilette und keinen Strom. Ein »unprätentiöses« Haus nannten sie Monk's House. Morgens arbeiteten Virginia und Leonard. Ihre Romane schrieb Virginia im Gartenhaus. Nachmittags ging sie mit dem Hund in den umliegenden Bergen, den South Downs, spazieren, und Leonard gärtnerte. Sie beschäftigte sich mit Umbau-, Einrichtungs- und Renovierungsfragen. Die intellektuelle Großstädterin interessierte sich auch für das dörfliche Leben im kleinen Ort Rodmell. An der Hauptstraße lagen ein Pub, die Kirche, die Schule, eine Mühle und eine Schmiede. Außerdem gab es einen Dorfladen, die Post, eine Bäckerei, einen Kricketplatz und einige Bauernhöfe. Virginia schwärmte von den malerischen Traditionen und trank Tee mit der Pfarrersfrau. Ihr gefiel das Gemeinschaftliche an diesem Leben und daß alle zur gleichen Zeit dasselbe taten. Alle waren zusammen in der Kirche, alle hielten sich auf den Feldern auf, um dann in ihren Gärten auszuruhen.

Montagnola • Gärtnern, Aquarellieren und Briefeschreiben waren Hermann Hesses Vormittags- und Nachmittagsprogramm. Die Abende waren die Zeit zum Schreiben, zum Musikhören und zum Lesen. Über vierzig Jahre lebte er zurückgezogen in dem kleinen Ort Montagnola im Tessin, ganz in der Nähe von Lugano. Von seiner Terrasse konnte er auf die umliegenden Berge und das Tal blicken. Hesse genoß das Gefühl der Seßhaftigkeit, pflegte die Freundschaft zu Blumen und Bäumen und erlebte seine dritte und glücklichste Ehe. Werke wie *Narziß und Goldmund* und *Das Glasperlenspiel* entstanden in dem alten Dorf. Während der Nazijahre war er Gastgeber für zahlreiche Flüchtlinge. Auch Thomas Mann, Bertolt Brecht, Martin Buber und André Gide kamen nach Montagnola.

MONTAUK • Am 11. 5. 1974 fuhr Max Frisch mit seiner amerikanischen Geliebten für das Wochenende ans Meer. Montauk ist ein indianisches Wort, das die Nordspitze von Long Island bezeichnet. Lynn war 31. Sie hatten sich bei einem Interview kennengelernt. Zwei Tage nach dem Wochenende würde Max Frisch nach Europa zurückfliegen. Mit dem Mietwagen fuhren sie zu einem Hotel in den Dünen. Ein hölzernes Haus, zu dem eine ebenfalls hölzerne Treppe führte. An dem meilenlangen Strand konnte man spazierengehen und mit hochgekrempelten Hosen in die Brandung laufen. Hoch oben flog ein rotes Sportflugzeug. Es gab eine Tischtennisplatte und zum Abendessen Lobster. Um sie herum saßen gutverdienende Paare, laute Familien und eine Hochzeitsgesellschaft. Sie hatten Glück mit dem Wetter. Es war windig, aber sonnig. Lynn hatte lange rote Haare, trug Jeans und eine Sonnenbrille und war nur halb so alt wie Frisch.

MONTECRISTO • Von einem Mitgefangenen erfährt Edward Dantès, daß auf der Insel Montecristo ein Schatz versteckt ist. Als ihm die Flucht gelingt, birgt er den Schatz und wird zu einem der reichsten Männer Frankreichs. Nun kann er sich als *Graf von Monte Cristo* an all denjenigen rächen, die ihn vor vielen Jahren durch eine Intrige unschuldig ins Gefängnis gebracht haben. Sie sind inzwischen selbst reich und zählen zu den Stützen der Gesellschaft. Das wirkliche Montecristo ist eine unbewohnte Insel vor der Küste der Toskana.

MOUNT EVEREST • Jahr für Jahr riskieren Menschen ihr Leben, um einmal auf dem höchsten Berg der Welt zu stehen. Als ihn die Zeitschrift *Outside* bat, an einer geführten Gipfelbesteigung teilzunehmen, erfüllte sich für den Journalisten Jon Kracauer ein Jugendtraum. Doch bei der Expedition, an der er teilnahm, starben am 10. Mai 1996 neun Menschen, weil sich das Wetter plötzlich verschlechterte und niemand darauf vorbereitet war. Jon Kracauer überlebte und beschrieb die Hintergründe der Katastrophe in seinem

Bestseller *In eisige Höhen.* Er erzählt von den Auswirkungen der Höhenkrankheit, die einen nicht mehr richtig denken läßt und die Bewegungen verlangsamt. Von ehrgeizigen Menschen, die 65 000 Dollar zahlen, um sich ihren Traum zu verwirklichen, die aber weder fit noch geübt sind. Von Expeditionsleitern, die miteinander konkurrieren und unter gewaltigem Druck stehen. Für sie ist es ökonomisch entscheidend, daß möglichst viele ihrer Klienten den Gipfel erklimmen, nur so erreichen sie, daß auch die nächste Tour ausgebucht ist. Teilnehmer, die es nicht bis zum Ziel geschafft haben, verklagen ihre Tourleiter. Die meisten Mount-Everest-Besteiger in der Gruppe waren wohlhabende amerikanische Ärzte, Rechtsanwälte oder Manager, aber einer war dabei, der zwei Jahre in zwei Jobs gearbeitet hatte, um das Geld zusammenzusparen. Mehrere nahmen zum wiederholten Mal teil, um es endlich bis nach oben zu schaffen. Der Berg war mit Touristen überfüllt, die sich gegenseitig im Weg standen, was ihn um so gefährlicher machte. Die Besteigung des höchsten Berges ist ein teuer bezahlter Traum für die einen, ein Geschäft, das nicht scheitern darf, für die anderen. Für beide Seiten ist es wichtig, oben anzukommen. Wer einmal bis auf einige hundert Meter an den Gipfel gekommen ist, der bricht nicht mehr ab. Lieber riskiert er sein Leben.

Musa Dagh • Während des ersten Weltkriegs betrieb der türkische Staat eine Ausrottungspolitik gegen seine armenischen Bürger. Man führte sie in die syrische Wüste, wo sie verhungerten. Die Bewohner der sieben armenischen Dörfer am Musa Dagh beschließen, lieber zu kämpfen als sich einfach abschlachten zu lassen. 5000 Menschen verschanzen sich auf dem Berg. Auf dem Gipfel weht die armenische Fahne mit dem Kreuz, denn man hofft, daß die im Mittelmeer kreuzenden europäischen Schiffe sich der verfolgten Christen annehmen werden. Die Dorfbewohner heben Schützengräben aus und stellen Beobachterposten auf. Zweimal besiegen sie das angreifende türkische Heer. Der Musa Dagh ist baum- und quellenreich, aber nach vierzig Tagen sind die Vorräte erschöpft. Da taucht wie ein Wunder ein französisches Kriegsschiff auf, die Vorhut eines französisch-englischen Geschwaders. *Die vierzig Tage des Musa Dagh* haben 5000 Armeniern das Leben gerettet. Franz Werfel schrieb seinen Roman über den Völkermord Anfang der dreißiger Jahre, zu einer Zeit, als der Holocaust noch bevorstand. Unter den Nazis war sein Buch auch verboten.

Myanmar • Die burmesische Künstlerin Ma Thanegi schwärmt für die Berichte der großen Globetrotter Bruce Chatwin, Paul Theroux und Martha Gellhorn. Auch sie will eine Reise machen und entschließt sich, ihr eigenes Land zu erkunden. Sie bucht eine der populären Pilgerreisen zu den Pagoden. Eine achtzehntägige Rundfahrt in 29 Städte, bei der die Reisenden in Klöstern übernachten. Zum Reisegepäck gehören ein Moskitonetz und eine Schlafmatte. Die Verpflegung ist inklusive. Ein Koch reist mit, Geschirr muß jeder Reisende selbst mitbringen. Schon kurz hinter Rangun setzt der klapprige Bus auf einer Fähre über den Irrawadi. Um fünf Uhr morgens besichtigt die Gruppe die erste Pagode. Überall befinden sich kleine Verkaufsstände aus wackligem Bambus, an denen man Kassettenrecorder, Küchengeschirr, Blumen, Modeschmuck oder Heilkräuter erwerben kann. Schon bald sind Gang und Dach des Busses vollgestellt mit den Einkäufen. Eine der Reisenden ist eine Geschäftsfrau, die auf diese Weise für ihren Laden Ware besorgt. Wenn der Bus eine neue Stadt erreicht, wird erst mal am zentralen Marktplatz eine Stunde lang geshoppt, bevor die Besichtigung der Tempel beginnt. Am Rande der Pagoden kann man köstliche Gerichte kaufen: Reis oder Nudeln mit gebratenem Knoblauch, Knoblauchöl, geschnittener grüner Papaya, zerstoßenen getrockneten Garnelen, gerösteten Chilischoten, Tamarindenmus und einem Spritzer Fischsauce. Die Reise führt zur brodelnden Drachenhöhle, zur schwankenden Schirmpagode und zur Pagode, in der heilige Schlangen wohnen. Aus Nebelschwaden tauchen Tempel mit Heiligtümern auf, zu denen Hunderte von Treppenstufen führen. Eine der Pagoden dient einer ganzen Affenherde als Aufenthaltsplatz, die Brillen, Handtaschen und Kameras klaut. In der früheren Königsstadt Mandalay wohnt Ma Thanegi der Waschung des heiligen Gesichts bei, einer Buddhastatue, die schon zu Zeiten von Buddha und mit seinem Segen gegossen worden sein soll. Einmal überlaßt der Abt den Reisenden seinen Fernseher, auf dem sie Kung-Fu-Film anschauen können.

Mysłocz • Auf dem Schloß des alten Fürsten spukt es. Das Riesenbauwerk liegt auf einem Hügel in einer waldreichen, von Gewässern durchzogenen Gegend im Osten Polens. Sein hoher Turm ragt aus dem Nebel. Es gibt hundertsiebzig verfallene Zimmer, Säle und Flure in dem sechshundert Jahre alten Gebäude, das voll mit Antiquitäten und wertvollen Bildern ist. Ein geheimer unterirdischer Gang führt zum Schloß. Hier lebt der Fürst Holszański nur mit seinem alten Diener und seinem jungen Sekretär, welcher nach seinem Erbe trachtet. Erst der Kunsthistoriker Professor Skoliński, der Hellseher Hińcz und die frisch verliebten Tennisspieler Maja Ochołowska und Marian Leszczuk lösen das Geheimnis um das Spukzimmer in Witold Gombrowicz' *Die Besessenen.*

Nanankepichu • Im Sommer 1936 fing Anaïs Nin an, von einem Hausboot zu träumen, nachdem sie die Leute besucht hatte, die das Haus von Guy de Maupassant in Etretat gekauft hatten. Es stand nahe am Ufer, und hinten im Garten lag ein gestrandetes Segelboot. Sie mietete daraufhin ein Hausboot auf der Seine mit Blick auf den Quai d'Orsay und die Tuilerien-Gärten. Ihr peruanischer Liebhaber Gonzalo taufte das Boot »Nanankepichu«, ein indianisches Wort, das »nicht wirklich zu Hause« bedeutet. Auf dem Deck befand sich ein verglastes Studio, in dem sie an ihren Tagebüchern und Romanen arbeiten wollte. Auf derselben Ebene waren zwei weitere Kabinen. Die eine bewohnte ein einbeiniger alter Mann mit Bart und einer Kapitänsmütze. Die andere ein Junge, der das Deck reinigte, Wasser vom Brunnen holte und die Pumpen bediente. Bedingung des Vermieters war, daß beide weiter dort wohnen könnten. Außerdem befanden sich in dem Boot eine Küche, ein Badezimmer mit einer Wanne und ein Schlafzimmer mit Spitzbogenfenstern wie auf einer alten Galeere. Das Hausboot war mit einer schweren Kette an einem Poller befestigt, eine Zugbrücke führte zum Ufer hinüber. Wenn andere Schiffe vorbeifuhren, schaukelte die Nanankepichu. Die Besatzungen der vorbeiziehenden Schlepper winkten Anaïs zu. Die Männer standen am Steuerruder, die Frauen hängten Wäsche auf. Auf dem Boot traf sie sich mit ihrem Liebhaber Gonzalo. Ihrem Mann und ihrem anderen Liebhaber Henry Miller wollte sie weismachen, daß das Hausboot ihr Zufluchtsort für ungestörtes Arbeiten sei. »Beide wußten, daß sie log, akzeptierten es aber wie üblich«, sagt ihre Biographin Deirdre Bair dazu. Anaïs war allen drei treu. Sie hatte aus Zeitmangel keine weiteren Liebschaften, sie führte einfach drei Ehen. Dies gilt als eine sexuell relativ stabile Zeit in ihrem Leben. Die Affäre mit ihrem Vater hatte sie hinter sich, ebenso wie die Affären mit ihren Psychoanalytikern oder dem homosexuellen Antonin Artaud. Sowohl Henry Miller als auch Gonzalo und seine Ehefrau Helba lebten vom Gehalt von Hugh Guiler, dem Banker-Ehemann von Anaïs, der natürlich auch das Boot finanzierte, das der Autorin half, ihren Hunger nach Erfahrung zu stillen und ihre Selbstfindung voranzutreiben.

NAUTILUS • Bevor es U-Boote tatsächlich gab, spielten sie schon eine Hauptrolle in Jules Vernes Reisen zu »bekannten und unbekannten Welten«. Der Naturforscher Professor Aronnax findet sich nach einem Schiffbruch als Gefangener und Gast auf der Nautilus. Das Boot ist ein technisches Wunder, das seinem exzentrischen Kapitän Nemo ein bequemes Zuhause bietet. Eine gut ausgestattete Bibliothek, ein bequemer Rauchsalon, ein Eßzimmer, eine Küche, in der alles aus dem Meer kommt – das alles gibt es auf der Nautilus, die nur zum Sauerstoffaustausch an die Meeresoberfläche muß. Kapitän Nemo hat sich von der Erde verabschiedet und verbringt seine gesamte Zeit unter den Meeren der Welt. Professor Aronnax begleitet den Kapitän auf einer unter dem Wasser liegenden Insel auf die Jagd und wohnt einer Beerdigung auf einem Korallenfriedhof bei. Das U-Boot fährt durch einen unterirdischen Kanal, der vom roten Meer zum Mittelmeer führt. Als die Nautilus dem unter Wasser liegenden Vulkan von Santorin nahe kommt, ist die Hitze an Bord kaum auszuhalten. Im Atlantik besichtigt die Mannschaft das versunkene Atlantis, und am Südpol gelingt es ihnen nur mühsam, sich aus den Eisschollen zu befreien. Professor Aronnax ist so fasziniert von all diesen Wundern, daß es ihm schwerfällt, sich zu entscheiden, ob er weiter mit Kapitän Nemo unter den Meeren reisen oder von der Nautilus fliehen will. Jules Verne wurde in der Hafenstadt Nantes auf einer in der Loire liegenden Insel geboren. Auf seinem eigenen Schiff »Saint Michel«, das im Hafen von Le Crotoy lag, wo er sein Sommerhaus hatte, richtete er sein Arbeitszimmer ein und eine Bibliothek, die er für seine Recherchen benutzte. *20 000 Meilen unter den Meeren* entstand in diesem Arbeitszimmer.

Neufundland • Mit 36 will Quoyle einen Neuanfang wagen. Er hat sich immer wieder mit Jobs rumgeplagt, die ihm nicht liegen und in denen er nicht besonders gut ist. Sein einziger Freund zieht von Mockingburg, New York nach Kalifornien, seine Eltern sterben, und dann verunglückt seine Frau gemeinsam mit ihrem Liebhaber tödlich. Quoyle geht mit seinen Töchtern und seiner Tante dorthin zurück, woher seine Vorfahren stammen: nach Neufundland. Einem Felsen im Meer mit Tundra, Ödland und Fichten. Im Meer liegen die gesunkenen Schiffe unter dem Wasser. Dort beginnt er bei der Lokalzeitung »Gammy Bird« und übernimmt die Rubrik *Schiffsmeldungen*, in der es um die ein- und auslaufenden Schiffe geht. Das der Tante gehörende Haus auf der Landspitze Quoyle's Point ist seit vierzig Jahren unbewohnt. Es gibt Reifenspuren im Schlamm, aber keine Straße. In diesem Jahr sind schon über vierhundert Eisberge an der Küste Neufundlands aufgelaufen. Das Haus wird instandgesetzt, Quoyle überwindet seine Angst vor dem Wasser und fährt mit dem Boot zur Arbeit. Bald ist er mit seinen exzentrischen Kollegen – alten Fischern, die es mit dem Wahrheitsgehalt der Nachrichten nicht allzu ernst nehmen – befreundet. Alle laufen hier in Ölzeug und Gummistiefeln herum und fahren Pickups. Nebel, Glatteis und Schnee herrschen vor. Der Inhaber der Zeitung geht lieber fischen, als daß er zur Arbeit kommt. Quoyle ißt mittags auf dem Kai aus Styroporschachteln. Er hackt Holz, geht auf Robbenjagd und kann einen Kabeljau ausnehmen. Er bekommt eine Kolumne über Boote, findet eine neue Frau und hat auf einmal einen großen Freundeskreis. Alle Ereignisse scheinen ihm bedeutungsschwer. Sein Job macht ihm Spaß, bald ist er Chefredakteur. Das Leben in Neufundland ist abenteuerlich und gesellig.

NEWARK • Das jüdische Viertel Weequahic in Newark, in dem Philip Roth aufwuchs, spielt in fast allen seinen Büchern eine bedeutende Rolle. In den vierziger Jahren wohnten hier noch überwiegend Juden. Die Wohnhäuser und Läden der unteren Mittelschicht befanden sich in von großen Bäumen gesäumten Straßen. Das Nachbarschaftssystem funktionierte, alle kannten sich. Das Leben war friedlich, aber auch beengt. Man hatte gemeinsame Feinde: Hitler und die nichtjüdische amerikanische Oberschicht. Die tüchtigen Mütter und schwerarbeitenden Väter wollten, daß ihre Kinder es einmal besser hätten als sie selbst. Wie Philip Roth sollten sie aufs College gehen und den gesellschaftlichen Aufstieg schaffen. Die Großeltern waren noch aus Galizien gekommen, waren orthodox und sprachen Jiddisch, die Eltern waren schwerarbeitend und kleinbürgerlich, die Kinder sollten wohlhabende Zahnärzte werden. Newark war gleichzeitig eine amerikanische Kindheitsidylle und ein Ort, von dem sich die Protagonisten von Philip Roth ihr Leben lang befreien müssen, weil er für kulturelle Enge, Kleinbürgerlichkeit und strenge Erziehung steht.

NGONG-BERGE • Am Fuße der Ngong-Berge hatte Karen Blixen eine Kaffeeplantage. Von 1913 bis 1931 lebte sie in Kenia. 1937 erschien ihr Erinnerungsbuch *Jenseits von Afrika*, das das Leben einer europäischen Siedlerin in Britisch-Ostafrika erzählt. In ihren Erinnerungen ist Afrika eine koloniale Idylle: Löwen, Büffel, Antilopen und Nashörner lebten in der Nähe ihrer Farm. Auf zweitausend Meter Höhe war die Luft klar. Am anderen Flußufer hatten sich die Massai-Krieger niedergelassen. Auf der Farm wurde sie von Hausboys und dem genialen Koch Kamante versorgt. Karen Blixen erzählt vom Arbeitsalltag auf der Farm, vom Streit der Dorfbewohner und von den Kindern, die die Ziegen hüteten und jeden Tag um zwölf ins Haus kamen und vor ihrer Kuckucksuhr darauf warteten, daß der Kuckuck herauskam. Die Mbogani-Farm, die Karen Blixen später zur ursprünglichen Mbagathi-Farm dazukaufte, beherbergt heute das Karen Blixen-Museum. Hier lebte sie mit ihrem Geliebten Denys Finch Hatton, der in der Verfilmung von Robert Redford gespielt wurde.

Nicolson's • Vor nicht allzu langer Zeit war die heute mehrfache Millionärin Joanne K. Rowling eine alleinerziehende Mutter, die von der Sozialhilfe lebte. Die Legende besagt, daß sie 1994 im Café Nicolson's in Edinburgh saß und schrieb, weil sie sich in ihrer kleinen Wohnung die Heizung nicht leisten konnte. Sie selbst erzählt, daß sie nicht durch ständiges Kaffeekochen vom Schreiben abgelenkt werden wollte und deshalb den ersten Band von Harry Potter in einem Café zu Papier gebracht hat. Ihre Tochter lag im Kinderwagen neben ihr und schlief, während Joanne K. Rowling an einem ruhigen Ecktisch arbeitete.

Nida (Nidden) • An der Kurischen Nehrung in Litauen ließ sich die Familie Mann ein Sommerhaus bauen. Ein Holzhaus mit einem Schilfdach. Von seinem Arbeitszimmer im ersten Stock konnte der Schriftsteller seinen Blick übers Wasser schweifen lassen, während er an *Joseph und seine Brüder* arbeitete. Der schmale Landstreifen, der die Ostsee vom Haff trennt, hat einen südeuropäischen Einschlag. Die weiße Küste erinnert an Nordafrika. Das Wasser des Haffs ist im Sommer tiefblau wie das Mittelmeer. Die hier wachsende Kiefernart ähnelt Pinien. Eine halbe Stunde vom Haus entfernt erheben sich die großen Dünen, die an die Sahara erinnern. Auf der anderen Seite des Hauses liegt der Wald mit den Elchen. Er wirkt eher russisch mit seinen Birken und Fichten. Sandige Dünenwege führen zum Meer. Die Wellen sind hoch, die Brandung stark. Thomas Mann saß im Strandkorb, alle anderen bauten Sandburgen. Das Rauschen des Meeres hörte man zu jeder Tageszeit. Abends fuhren die Fischer aufs Haff, das voller Hechte und Zander war. Von der Ostsee kamen Schollen und Aale.

NIGER • Kein Europäer hat den Niger jemals gesehen, als die Londoner Afrika-Gesellschaft den Schotten Mungo Park 1795 nach Westafrika schickt. Auch Frankreich, Holland, Portugal und Dänemark wollen den Niger haben. Schon Herodot machte sich um 500 vor Christus Gedanken über den Verlauf des Flusses, vermutete aber, daß er zwar groß, aber nur ein Nebenstrom des Nils sei. Der arabische Geograph Idrisi bevölkerte seine Ufer mit mythischen Lebewesen. Der wurmförmige Bundfüßler kroch eher, als daß er lief, und bediente sich der Sprache der Schlangen. Die Sphinx und die Harpyie fand man hier. Und den Manticor mit Löwenkörper und Skorpionstachel. Die Späher Alexander des Großen berichteten ihm von Edelmännern und Edelfrauen, die in Lotosgärten säßen und aus goldenen Bechern tränken. Und dann gibt es dort noch die sagenumwobene Stadt Timbuktu. In Begleitung des hochgebildeten Exsklaven und Exkammerdieners Johnson schickt T. C. Boyle Mungo Park in *Wassermusik* auf eine abenteuerliche Entdeckungsreise.

Nordkap • Rein zufällig wollen der immer wieder Konkurs machende Unternehmer Onni Rellonnen und der aus der Armee entlassene Oberst Hermanni Kempainnen, dessen Frau an Krebs gestorben ist, zum selben Zeitpunkt in einer Scheune Selbstmord begehen. Sie freunden sich an, reden, gehen in die Sauna, sitzen angelnd auf dem Steg. Der Selbstmordversuch bringt die Menschen einander näher, denken Arto Paasilinnas Protagonisten und geben eine Anzeige auf, um mit weiteren Selbstmordkandidaten in Kontakt zu treten, mit denen sie sich gemeinsam umbringen können. Der Rücklauf auf die Anzeige ist überwältigend, und nach einem Kennenlernnachmittag und einem ersten mißlingenden Versuch, aus dem Leben zu scheiden, reist die Gruppe in Richtung Norden ab. Man will sich gemeinsam vom Felsen des Nordkaps 300 Meter tief in das eisige Meer stürzen. Vorher geht die Reise durch ganz Finnland, um weitere gefährdete Kandidaten zu Hause abzuholen. Unterwegs wird gezeltet, gegrillt, viel getrunken, bei den Bauern auf dem Feld mitgeholfen, und zwischendurch besichtigt man wichtige Sehenswürdigkeiten. Welch wunderbarer Urlaub! Als man sich dem Nordkap nähert, verschlechtert sich die Stimmung. Das Wasser sieht eisig aus. Einige der Kandidaten sind nicht mehr recht überzeugt. Als der Bus anfährt, drücken kurz vor dem Abhang ein Großteil der Selbstmordkandidaten auf den

Halteknopf, und der depressive Busunternehmer, der den Bus steuert, bremst im letzten Augenblick. Der Versuch mißlingt. Auch am nächsten Morgen hat keiner Lust, sich ins eisige Meer zu stürzen. Lieber will man erst mal eine Woche Urlaub in Nordnorwegen machen und dann gemeinsam in die Schweiz weiterreisen, um dort mit dem Bus in eine Schlucht zu fahren.

OBLOMOWKA • Ilja Iljitsch Oblomow ist der Inbegriff der Faulheit. Sein ganzes Leben verbringt er vor sich hin dösend auf dem Diwan. Nach dem Aufstehen schlüpft er in einen bequemen Hausanzug und weiche Pantoffeln und legt sich wieder nieder. Selten treibt es ihn in die anderen drei Zimmer der Wohnung, in der er mit seinem Diener Sachar lebt. Fast nie geht er aus dem Haus. Liegen ist sein natürlicher Zustand. Weil ihm Bewegung und frische Luft fehlen, ist er mit zweiunddreißig blaß und ein wenig schwammig. Der Schwall kalter Luft, den seine Besucher mit hereinbringen, läßt ihn erschaudern. Da treffen ihn zwei Unglücksfälle auf einmal: Sein Vermieter drängt ihn auszuziehen, und der Verwalter seines Gutes Oblomowka, aus dem er sein Einkommen bezieht, teilt ihm mit, daß es nicht zum besten steht. Nach einer Mißernte sinken die Erträge, und die Bauern flüchten. Oblomow weiß, daß er handeln müßte. Aber statt die notwendigen Briefe zu schreiben, macht er erst mal einen Mittagsschlaf und hängt seinen Lieblingsgedanken nach. Er hat allerlei Pläne für die Verbesserung der Landwirtschaft in Oblomowka. Auch gegen die Faulheit der Bauern dort will er vorgehen. Ein neues Gutshaus will er bauen und den Garten erweitern. Er malt sich aus, wie er an einem Sommerabend auf der Terrasse sitzt, in der Ferne wogen die goldgelben Kornfelder. Im Haus werden die Kerzen angezündet, er hört das Lachen seiner Frau und seiner Kinder. Freunde kommen zu Besuch. Als Oblomow auf dem Diwan aus seinen Träumen erwacht, fühlt er sich ganz erschöpft von so vielen Gedanken. Er sollte nach Oblomowka fahren, um dort nach dem Rechten zu sehen. Aber das Gut liegt fast in Sibirien, und er haßt es zu reisen. Selbst die große Liebe scheitert an seiner Trägheit.

OHLSDORF • Der aufgrund seiner Bücher immer wie ein einsamer Misanthrop wirkende Thomas Bernhard verbrachte die Abende gerne in einer gemütlichen Fernsehrunde bei seinem Freund Karl Ignatz Hennetmaier. Im Jahr 1972 führte der Realitätenvermittler Hennetmaier, von dem der Schriftsteller alle seine drei Häuser gekauft hatte, ein Tagebuch über seine Freundschaft zu Thomas Bernhard. Oft kam dieser schon zum Kaffee mit Linzertorte von Obernathal, einem Ortsteil von Ohlsdorf, wo er wohnte, zu den Hennetmaiers. An vielen Abenden saß man mit Omi Hennetmaier, Frau Hennetmaier und den Kindern vor dem Fernseher. Nachmittags schaute man den Abfahrtslauf der Männer, dann nach dem Essen die Nachrichten und den Kürlauf der Damen. Es gab lustige Abende mit Kulenkampff, *Guten Abend, Nachbar, Stars in der Manege, Was bin ich?* oder *Alles oder nichts.* Man aß Palatschinken oder Fasan. Dazu gab es Glühwein. Zu seinem Geburtstag backte Frau Hennetmaier für den Schriftsteller eine Torte.

ORIENTEXPRESS • Der Simplon-Orient-Expreß braucht drei Tage für die Fahrt von Istanbul nach Calais. Es ist Winter und sehr kalt, als Hercule Poirot, Agatha Christies belgischer Detektiv, die Reise antritt. Kurz hinter Belgrad bleibt der Orientexpress in einer Schneeverwehung stecken, und einer der Passagiere in der ersten Klasse wird ermordet. Agatha Christie liebte Zugfahrten als eine Art des Müßiggangs und Zeithabens. Und Zeit war die wichtigste Quelle für ihre eigene Kreativität, Reisen ihr liebstes Hobby. Der Orientexpreß ist nur einer von vielen Zügen, die in ihren Büchern vorkommen. Sie selbst fuhr die Strecke zum ersten Mal im Januar 1927, als sie alleine nach Bagdad in Urlaub reiste. Bei ihrer nächsten Fahrt in den Irak lernte sie ihren zweiten Mann kennen, den Archäologen Max Mallowan, mit dem sie dann jedes Jahr die Ausgrabungssaison im Irak und in Syrien verbrachte. In Istanbul stieg Agatha Christie in den Taurus-Expreß um, der die Strecke von der Türkei nach Damaskus zurücklegte. Von Damaskus ging es dann im Auto weiter nach Bagdad. Der Orientexpreß war ein plüschiger, dunkel vertäfelter First-Class-Zug, in dem sich die feinere Gesellschaft traf. Bei Agatha Christie wurden Züge zu Orten des Abenteuers. Die Reisenden sind russische Fürstinnen, neureiche Amerikaner, englische Militärs. Schrullige exzentrische Gestalten, die man kurz kennenlernt, die die unglaublichsten Geschichten erzählen, und dann, gegen Ende der Reise, ist man froh, sie wieder loszuwerden.

ORINOKO • Gegen Ende des 18. Jahrhunderts war Naturwissenschaft noch ein Abenteuer, so sieht es Daniel Kehlmann. Alles war neu, vieles mußte noch entdeckt werden. Der Naturforscher Alexander von Humboldt reist nach Südamerika, befährt dort als erster Europäer den natürlichen Kanal zwischen Orinoko und Amazonas, besteigt den Chimborazo, der als höchster Berg gilt, und erlebt zahlreiche Abenteuer. Er begegnet Jaguaren, fährt in einem kleinen Boot zwischen Krokodilen hindurch und wird überfallen. Dabei sammelt er Tausende von Pflanzen und Hunderte von Tieren, steigt auf jeden Hügel oder Berg, um die Höhe zu messen, und zeichnet von allem Landkarten. Einmal läßt er sich an den Bug eines Schiffes binden, um bei Sturm die Höhe der Wellen vermessen zu können. Bald ist er auf der ganzen Welt berühmt, und alle wollen an seinen spannenden Entdeckungen teilhaben.

OTSEGOSEE • Als Lederstrumpf zum ersten Mal an den Otsegosee kommt, ist das Gewässer von Menschenhand noch gänzlich unberührt. Auf allen Seiten ist nichts als Wasser, Himmel und Wald zu sehen. Das Ufer ist unregelmäßig mit vielen Buchten und vorspringenden Landzungen. Hier läßt James Fenimore Cooper seinen Helden Natty Bumpoo seine ersten Abenteuer erleben. Alt geworden, wohnt Lederstrumpf dann mit seinem Freund, dem Indianerhäuptling Chingachgook, in einem Blockhaus am See. Sie leben von der Jagd und vom Fischfang. Doch auf der anderen Seite des Sees entsteht die Stadt Templeton, und mit ihr dringt die Zivilisation vor mit neuen Jagdgesetzen und Regeln, an die sich die beiden alten Jäger nicht halten wollen. J. F. Cooper stammte selbst vom Otsegosee. Dort gründete sein Vater die Stadt Cooperstown, die das Vorbild für Templeton ist.

PALÄSTINA • Der Direktor der Jerusalemer Buchmesse Zev Birger wuchs in einem zionistischen Elternhaus in Litauen auf. Er schloß sich der zionistischen Jugendbewegung an, wo man hebräisch sprach und über die Ausreise nach Palästina diskutierte. Schon bevor die Deutschen in Litauen einmarschierten, bewegte ihn die Sehnsucht nach einem eigenen jüdischen Staat – einer Heimat. Er überlebte das Ghetto in Kaunas und das Konzentrationslager Dachau. Seine Eltern und sein Bruder starben. Nach dem Krieg arbeitete er für die Amerikaner, die ihm anboten, mit in die USA zu gehen. Aber sein Ziel lautete nach wie vor Palästina. Juden gehören in ihr eigenes Land, schreibt er in seinen Memoiren *Keine Zeit für Geduld*. Für die Organisation Alijah Beth kümmerte er sich zwei Jahre lang um die Ausreisewilligen, bevor er sich 1947 selbst mit seiner Ehefrau und der Schwiegermutter von Marseille aus nach Haifa einschiffte. Später zog er nach Jerusalem und wurde vom Bürgermeister Teddy Kollek gebeten, die Jerusalemer Buchmesse neu zu beleben. Er machte sie zu einem internationalem Treffpunkt, wo ein reger kultureller Austausch zwischen den Ländern stattfindet.

PALAZZO PITTI • Maresciallo Guarnicca sehnt sich oft nach der sizilianischen Wärme seiner Heimatstadt Syrakus. Jetzt leitet er das Carabinieri-Revier im Palazzo Pitti in Florenz. In den Romanen der Engländerin Magdalen Nabb ist es meistens Herbst. Der Ponte Vecchio über den

Arno liegt im Nebel, es regnet, ein Sturm kündigt sich an. Das Viertel um den Palazzo Pitti ist ganz anders als die Innenstadt mit ihren vornehmen Geschäften und teuren Cafés. Hier leben die kleinen Leute, trinken wie der bodenständige Maresciallo einen Kaffee an der Bar und gehen mittags zum Essen nach Hause. Autodiebstähle, Einbrüche, Verrückte, die sich wichtig machen wollen, und Touristen, die etwas verloren haben, das ist der Alltag. Die Rekruten der Carabinieri kochen währenddessen Pasta in der Küche über der Wache. Den Fluß überquert Guarnicca nur, wenn er von seinem Chef ins Hauptquartier bestellt wird. Er ermittelt in seinem Viertel, bei den Handwerkern, Pizzeriabesitzern und kleinen Ladeninhabern. Ab und zu führen ihn seine Ermittlungen in einem Mordfall auch in die alten Adelspaläste oder in die Berge um Florenz, von wo die Bessersituierten auf die terracottafarbene Stadt hinabblicken.

Passy • Unter falschem Namen mietete sich Honoré de Balzac 1840 in der Rue Basse in Passy ein. Das Haus lag verborgen an einem Abhang. Über eine versteckte Treppe erreichte man einen anderen Gebäudekomplex und gelangte so in die Rue de Roc. Der heimliche zweite Ausgang sollte Balzac vor Gerichtsvollziehern und Gläubigern schützen. So konnte er schnell fliehen. Besucher bekamen ein Kennwort mitgeteilt und mußten beim Hausmeister des Besitzers nach Madame de

Breugnol fragen, um dann zu Balzac geleitet zu werden. Madame de Breugnol war nicht wirklich eine »de«, aber seine Haushälterin und Geliebte. Als er sie später loswerden wollte, gelang ihm das nicht, weil er ihr 7500 Francs schuldete, die er nicht zurückzahlen konnte. Heute beherbergt das Haus das Balzac-Museum.

PATAGONIEN • Schon als Kind war Bruce Chatwin von Patagonien fasziniert. Von hier stammte der Brontosaurus, dessen Haut im Schränkchen seiner Großmutter einen Platz hatte. Ein Vetter der Großmutter hatte das vor Jahrtausenden ausgestorbene Tier gefunden und seiner Cousine ein Stück der Haut geschickt. Chatwin berichtet von Menschen mit außergewöhnlichen Schicksalen: Pinguinforschern und Anarchisten, schottischen Schaffarmern, französischen Indianerkönigen, Banditen und chilenischen LKW-Fahrern. In pfefferminzgrünen Bars trinkt er Matetee, während draußen der Wind durchs Dornengestrüpp pfeift. Auf seinen Wanderungen begleiten ihn oft nur ein Habicht, ein paar Flamingos oder ein Käfer. Nur bei seiner Frau beklagt er sich in Briefen darüber, daß er ständig Fleisch essen muß, weil es nichts anderes gibt. Auch daß er keine Indianer trifft, weil sie alle schon vor langer Zeit umgebracht worden sind, ärgert ihn.

Als sein Buch erschien, beschwerten sich fast alle der im Buch Porträtierten und erkannten sich kaum wieder. Denn Bruce Chatwin hatte nicht nur einen einfachen Reisebericht geschrieben. Er hat die Geschichten ein wenig bearbeitet, sie etwas interessanter gemacht und ein paar Pointen hinzugefügt.

PEMBERLEY • Als Elizabeth Bennet das prächtige Anwesen im Tal zum ersten Mal erblickt, bereut sie es ein wenig, daß sie Darcys Heiratsantrag abgelehnt hat. Fitzwilliam Darcy ist zwar reich und sieht gut aus, aber er ist auch stolz und überheblich, zumindest ist das Elizabeths erster Eindruck. Und auch Darcys erster Eindruck von Elizabeth und der ländlichen Gesellschaft, in der sie zu Hause ist, ist alles andere als positiv. Aber während Darcy sich seine Liebe zu Elizabeth schnell eingesteht und alles tut, um sich in ein besseres Licht zu rücken, hält Elizabeth in *Stolz und Vorurteil* lange an ihrem Vorurteil fest. Erst nachdem sie alle Hindernisse überwunden und viele Mißverständnisse aufgeklärt hat, kann sie die größte aller Traumpartien machen, die für ein Mädchen aus einer unbedeutenden und nicht sehr reichen Familie mit vier anderen Schwestern und einer dummen Mutter möglich ist. Sie kann endlich Herrin auf Pemberley werden. Es gibt Vermutungen, daß das Vorbild für Pemberley Chatsworth ist, einer der bedeutendsten englischen Adelssitze. Jane Austen kam hier 1811 auf einer Reise vorbei.

Phönix-des-Himmels • Während der Kulturrevolution werden zwei Arztsöhne zur Umerziehung aufs Land zu den revolutionären Bauern geschickt. Aus der Stadt Chengdu sendet man sie in ein kleines, abgelegenes und sehr armes Dorf auf dem Berg Phönix-des-Himmels, auf den nur ein schmaler Pfad führt. Die Kreisstadt ist 100 Kilometer entfernt. Hier sollen sie das harte Leben der ehemaligen Opiumbauern und jetzigen Revolutionäre teilen, bis sie alles Intellektuelle abgelegt haben. Im Dorf setzt man sie nicht nur für die Landwirtschaft, sondern auch als Geschichtenerzähler ein. Der mitgebrachte Hahn-Wecker unterhält das ganze Dorf. Aber für Luo und seinen Freund finden sich in dem Buch von Dai Sijie nur zwei Ablenkungen: die reizende kleine Schneiderin im Nachbardorf, in die sich Luo verliebt, und ein Koffer mit verbotenen Büchern. Ein anderer zur Umerziehung geschickter Junge versteckt hier Werke von Balzac, Victor Hugo, Dumas, Flaubert, Baudelaire, Tolstoj, Dostojewskij, Gogol, Dickens, Kipling und Emily Brontë. Für Luo und seinen Freund geht es nur noch darum, wie sie an den Koffer mit den Büchern kommen, die allesamt verboten sind.

Pitcairn • Am 28. April 1789 meuterte die Mannschaft der »Bounty« vor Tahiti und setzte ihren Kapitän mit einigen Getreuen in einer kleinen Barkasse aus. Gemeinsam mit zwölf polynesischen Frauen und sechs Männern siedelten sich die Meuterer von der Bounty in Pitcairn an, einer fruchtbaren grünen Insel im Süd-Pazifik. Da die Insel in den englischen Seekarten falsch verzeichnet war, hofften sie, nicht gefunden zu werden. Seitdem gilt die Insel als Paradies. Unzählige Bücher und Filme handeln von der Meuterei auf der Bounty. Als die englische Journalistin Dea Birkett aus einem Film über die Insel erfuhr, daß die Nachfahren der Meuterer noch immer auf der Insel leben, gingen ihr sofort Bilder von glücklichen Südseeschönheiten mit Blumenketten um den Hals, weißen Stränden, Palmen und blauem Himmel durch den Kopf. Doch es ist nicht einfach, nach Pitcairn zu gelangen. Die vierzig Insulaner wollen keine Paradiessuchenden bei sich haben, und ein Gremium entscheidet darüber, wer zu ihnen kommen darf. Dea Birkett behauptet im Auftrag der Royal Mail über den entferntesten Ort zu recherchieren, an den die englische Post geliefert wurde. Sie erhielt die Genehmigung und reiste auf einem Tanker, der von Houston auf dem Weg nach Neuseeland war. Sie wurde in dem nur anderthalb Quadratmeilen großen Flecken freundlich aufgenommen, stellte aber schon nach kurzer Zeit fest, daß das Leben wenig paradiesisch war. In dem Haus ihrer Gastgeberin befanden sich vier Tiefkühltruhen, drei Herde, zwei Videogeräte, zwei Fernseher, eine Mikrowelle für Großküchen, eine Küchenmaschine, eine elektrische Bratpfanne, eine riesige Friteuse und zwei elektrische Wasserkessel. Die Bewohner waren übergewichtig und bewegten sich nur auf Motorrädern fort. Jeder hörte am Geräusch des Motorrades, wer gerade vorbeigefahren war, und fragte sich, wohin der andere unterwegs war. Es gab kein Privatleben, nichts konnte geheimgehalten werden. Die Einwohner lebten vom Andenkenverkauf an vorbeifahrende Schiffe und waren gläubige Siebente-Tags-Adventisten. Bald merkte die Engländerin, daß man über sie lästerte und tratschte, und nach einer Affäre mit einem der Insulaner verschlechterten sich die Beziehungen zu den anderen Einwohnern so sehr, daß manche sie gar nicht mehr grüßten. Nach einigen Monaten kehrte sie nach England zurück und zog für sich das Fazit, daß es besser sei, nicht an den Ort seiner Sehnsucht zu fahren, sondern ihn im Herzen zu tragen und von ihm zu träumen.

POEBENE • Im Herbst warten die Bewohner der kleinen Ortschaften am Po auf das Hochwasser. Schon seit vier Tagen regnet es ohne Unterbrechung. Lange werden die Deiche nicht mehr halten. Der achtzigjährige Tonna transportiert als einer der letzen Schiffer auf dem Po mit seinem Lastkahn noch Getreide. Längst hat sich auch hier der LKW durchgesetzt. Weil Tonna sich gut auf dem Fluß auskennt, wundern sich die Bewohner von Torricella nicht allzusehr, als sein Kahn trotz des Hochwassers wieder ablegt. Doch dann wird der Kahn herrenlos aufgefunden, Tonna ist verschwunden, und am nächsten Morgen wird auch sein Bruder tot entdeckt. In dieser Atmosphäre aus Nebel, Regen und Geheimnissen versucht Valerio Varesis Commissario Soneri aus Parma, den Fall zu lösen. Der Commissario sitzt mit den Schiffern in der Bar, läßt sich durch die überflutete Landschaft rudern, sucht die Verdächtigen immer wieder an den Anlegestellen auf und wundert sich über die jungen Kollegen, die nur noch per Internet recherchieren, ohne das rechte Gespür für die Menschen.

POKROVSKOE • Mit verliebten Augen betrachtet, sieht die vertraute Welt ganz anders aus. Die junge Maša Aleksandrovna wächst auf dem Landgut Pokrovskoe auf. Als sie sich in Sergej Michajlyč verliebt, scheint ihr das alte düstere Haus auf einmal mit Leben und Licht gefüllt. Auf der Veranda hört man die Nachtigall, es duftet nach Flieder und Blumen, Tau benetzt das Gras, der Sternenhimmel ist ganz nah. Die Birken in der Allee wiegen sich leise im Wind. Die Welt um sie versinkt in Schlaf. Auf einmal erscheint Maša auch das ruhige Landleben, das sie mit ihrer Amme Katja und ihrer Schwester Sonja führt, wunderbar. Die einzigen Unterbrechungen in diesem Sommer sind die Besuche und die langen

Gespräche mit Sergej Michajlyč. Glück, darüber sind sich die beiden einig, bestehe in einem zurückgezogenen Familienleben auf dem Land. Man kann anderen Menschen Gutes tun. Es gibt die Natur, Bücher und Musik. In *Familienglück* bringt Lev Tolstoj viel Autobiographisches ein. Die Landschafts- und Naturschilderungen entsprechen seinem eigenen Landgut Jasnaja Poljana, wo der Roman auch entstand. Die männliche Hauptfigur ähnelt in ihren Ansichten Tolstoj, die weibliche könnte Valerija Arseneva sein, die Tolstoj fast geheiratet hätte, die dann aber seine Ansichten über das ruhige Landleben doch nicht hinreichend teilte.

Quito • Nordamerika versank im Schnee, als Paul Theroux sein Haus in Massachussetts verließ, um mit dem Zug bis zur Südspitze des Kontinents nach Patagonien zu fahren. Mit den Pendlern ging es morgens nach Boston, von dort nahm er den »Lake Shore Limited« nach Chicago, wo er in den »Lone Star« nach Texas umstieg. Auf seiner Reise durch Südamerika riet man ihm immer wieder, auf keinen Fall den »Guayaquil und Quito Autoferro« zu verpassen. Vom in 2850 Metern hoch gelegenen Quito schwingt sich der Autobus auf Schienen noch einmal 300 Meter höher nach Urbina. Von dort geht es dann in Kurven bergab in die am Meer gelegene Stadt Guayaquil. Ein unabdingbares Muß für einen Schriftsteller, der die ganze Welt in Zügen bereist hat.

REDMOND • Als der junge Inder Arjun in Hari Kunzrus Roman *Grayday* ein Jobangebot als Programmierer in den USA erhält, ist seine ganze Familie stolz auf ihn. An der amerikanischen Westküste angekommen, stellt er fest, daß er auf eine Leiharbeiterfirma hereingefallen ist, die ihn erst bezahlt, wenn sie einen Kunden für ihn gefunden hat. Nach einigen Monaten im Mehrbettzimmer in einem Ghetto darf Anjur schließlich bei der auf die Behandlung von Computerviren spezialisierten Firma Virugenix arbeiten. Anjur ist glücklich und sehr beeindruckt von den großen Bäumen, dem See, den vielen Parkplätzen und den vielfältigen Freizeitmöglichkeiten. Er sitzt im dritten Stock in einem Großraumbüro, an schönen Tagen kann er die Cascade Mountains sehen, die ihn an Kaschmir erinnern. Sein Traum zerplatzt, als die Firma eine Gewinnwarnung herausgibt und Personal entläßt. Freelancer wie er sind die ersten, die gehen müssen. Anjur will Redmond nicht verlassen und versucht auf seine Art, die Firma davon zu überzeugen, daß sie ihn braucht: Er programmiert einen Virus, der bald weltweit die Computernetze lahmlegt. Nicht nur das fiktive Virugenix, sondern auch Firmen wie Microsoft sind im Städtchen Redmond in der Nähe von Seattle ansässig, dem Mekka der Computerwelt.

ROK • Die Zauberinsel von *Erdsee* ist durch magische Formeln geschützt wie durch eine Mauer, damit das Böse nicht eindringen kann. Auf Rok werden die Künste der hohen Magie gelehrt. Alle im Inselreich und seinen Außenbezirken geborenen Jungen, denen die Gabe des Zauberns angeboren ist, werden hierher zur Ausbildung geschickt. Sie kommen von Havnor, der großen Insel im Herzen der Welt, aus Eá, von wo die Mythen stammen, oder wie der spätere Erzmagier Ged aus Gont, einer Insel in der sturmgepeitschten Nordostsee, von der viele Zauberer stammen. In Rok studieren sie an der Zauberschule Namen, Runen, Formeln und Bannsprüche. Sie erlernen das Wind- und Wettermachen und die Kunst der Verwandlung. Als Zeichen ihrer Macht erhalten sie einen Stab, bevor sie dann auf einem der vielen Eilande von Ursula K. LeGuins Welt ihre Arbeit als Zauberer aufnehmen, um gegen Drachen und Schatten zu kämpfen, zu heilen und das Böse abzuwehren.

ROSSLYN CHAPEL • Um die Kapelle im kleinen Ort Roslin in der Nähe von Edinburgh ranken sich viele Legenden. Liegt hier der Heilige Gral?

Befinden sich die Ordensarchive der Templer in Rosslyn, und kann durch die Kapelle bewiesen werden, daß die Freimaurer die Nachfahren der Tempelritter sind? Schon im 19. Jahrhundert zog dieser Ort voller Geheimnisse Besucher an. Der weltweite Ruhm setzte aber mit Dan Browns *Da Vinci Code (Sakrileg)* ein. Auf die Kapelle in Schottland läuft die Handlung des Romans zu. Hier findet Sophie Neveu ihre lange tot geglaubte Großmutter und ihren Bruder wieder. In Rosslyn ist die Suche nach dem Heiligen Gral in Stein gemeißelt. Dort, wo einst ein alter Mithrastempel stand, bauten Tempelritter im Jahre 1446 die Kapelle. Sie liegt auf dem gleichen Längengrad wie Glastonbury, das Avalon aus der Artus-Sage, und ist eine Kopie des salomonischen Tempels. An der Decke der Kapelle kann man einen alten Code ablesen.

ROULETTENBURG • Der hochverschuldete General wartet in dem deutschen Kurort auf den Tod der Großmutter. Die aber reist im eigenen Eisenbahnwaggon an, ist noch sehr lebendig und verspielt das ganze Erbe. Alexei Iwanowitsch soll beim Roulette das Geld von Paulina, der Stieftochter des Generals, vermehren. Auch sie ist hoch verschuldet. Alexei hofft ihre Liebe zu gewinnen, wenn er ihr Geld verschafft. Er wird selbst spielsüchtig – so wie Fjodor Dostojewskij, der regelmäßig Gast in Wiesbaden, Bad Homburg und Baden-Baden war. Sein Roman *Der Spieler* sollte ursprünglich »Roulettenburg« heißen. Wiesbaden und Bad Homburg haben beide Anspruch erhoben, Dostojewskijs Roulettenburg zu sein, ein Ort mit vornehmen Hotels, Quellen, einem Berg mit einem Aussichtspunkt, der Kastanienallee, die zum Bahnhof und zur Spielhalle führt. Nach Frankfurt ist es nicht allzu weit. Dostojewskij-Kenner halten Wiesbaden für wahrscheinlicher, weil Alexei zum Schluß des Romans nach Homburg weiterreist, um dort zu spielen. Bad Homburgs Anspruch wurde vor allem durch das »-burg« untermauert. Dostojewskij soll in einem der beiden Orte sein gesamtes Vermögen verspielt haben, aber Jahre später wurde er auch in Wiesbaden wieder von seiner Spielsucht geheilt.

RÜGEN • Die mit einem preußischen Adligen verheiratete Engländerin Elizabeth von Arnim fuhr 1901 in Urlaub nach Rügen. Mit der Kutsche plante sie eine Tour rund um die Insel. Mit von der Partie waren der Kutscher August, die Zofe Gertrud und zwei Pferde, die Angst vor Blaskapellen hatten. Die Zofe mußte mit, das verlangte der Graf, denn eine Gräfin verreist nicht alleine. Mit der Fähre setzte die Gesellschaft auf die Insel über. Fast fiel die Kutsche dabei ins Wasser, denn die Fähre war ein Fischerboot mit einem braunen Segel. Zum Glück hatte es hohe Wände, denn die Pferde wären sonst wohl aus Angst ins Wasser gesprungen. Elizabeth war beglückt von der Schlichtheit des Urlaubs. Die Kutsche war eine leichte Victoria mit einem Verdeck. Außer der großen Reisetasche mit dem Kopfkissen und mehreren Morgenmänteln bestand das Gepäck aus dem Reisenecessaire, dem zwischen Zofe und Gräfin plazierten Teekessel sowie Reiseführern, Landkarten, Decken, Schirmen und Hutschachteln, die hinten im Verdeck lagen. Der Schlecht-Wetter-Hut des Kutschers reiste vorne auf dem Bock mit. Mitte Juli war der Himmel blau, die Felder waren hellgelb, und Mohnblumen wuchsen am Straßenrand. Auf Sandwegen und durch Buchenwälder gelangten sie zu Fischerdörfern und Badeorten. Viele Pensionen waren ausgebucht, da auch das deutsche Bürgertum im Sommerurlaub war. Elizabeth badete in sandigen Buchten und traf auf alte Bekannte. Die Schriftstellerin unternahm diese in ihrem Roman geschilderte Reise tatsächlich, allerdings begleitete sie ihre Freundin Oona. Die Kutsche hatte vier Pferde, und ein Gepäckwagen mit den Zofen fuhr hinterher. Alles ganz schlicht.

SAHARA • Mit zwanzig trat Isabelle Eberhardt zum Islam über. Später wurde sie sogar Mitglied in einer Moslembruderschaft. Schon als Kind in

Genf mochte sie keine Mädchenkleidung tragen und lernte Arabisch. Sie nannte sich Mahmoud und gab sich als Sohn eines Tunesiers und einer Deutschen aus, dabei stammten ihre Eltern aus Rußland. Als Mann verkleidet, ritt sie durch die Sahara und ließ sich 1901 für einige Zeit in der Wüstenstadt El-Oued in Algerien nieder. Einer Stadt, umgeben von Sanddünen, weit weg von der Zivilisation. Sie lebte von Datteln, Pfefferminztee und Haschisch und ging zum Beten in die Moschee. Ihre Gedanken und Gefühle hielt sie in ihren Tagebüchern und Aufzeichnungen fest. Mit Europa wollte sie nichts zu tun haben. Sie heiratete den Algerier Slimène Ehnni. Die Trauung in der Moschee war einer der wenigen Anlässe, zu denen sie Frauenkleidung trug. Sie starb mit nur 26, als nach einem Gewitter der Fluß, an dem sie lebte, über die Ufer trat und ihr Haus wegschwemmte. Von der Sahara fühlte sie sich angezogen. Sie wollte nirgends sonst leben als zwischen Sanddünen, Palmenhainen und kleinen ockerfarbenen Moscheen.

Salthill-on-Hudson • Weiße Villen am Fluß im kolonialen Stil und eine historische Altstadt mit Pflastersteinen und Einbahnstraßen. Die kleine Stadt am Hudson will kein New Yorker Vorort sein, sondern ein altes Dorf. Hier sind alle reich und in den mittleren Jahren. Die ganz Alten sehen aus, als seien sie erst in der Lebensmitte angekommen, die Vierzigjährigen sehen jung aus, und die Jungen sind *mental middle aged.* Niemand ist hier an sozialem Aufstieg interessiert, denn von Salthill kann man nirgends mehr hin aufsteigen. Man wählt eher links, auch die Republikaner sind eher liberal. Die Ehemänner nehmen morgens den Zug nach Manhattan, wo sie als Anwälte, Investment-Banker oder Verleger arbeiten. Die Frauen organisieren Partys und Wohltätigkeitsveranstaltungen. Man geht in den Salthill Golf Club, den Hudson Valley Yacht and Sailing Club und spielt Tennis. Doch die Wirklichkeit ist anders als der Schein. Der Tod des Bildhauers Adam Berendt wirbelt das Leben der Bewohner durcheinander. Die Leere und Langeweile ihres Daseins tritt allzu deutlich hervor. Und so läßt Joyce Carol Oates sie neue Aufgaben und Ziele entdecken, denn auch die Reichen haben ein leidenschaftliches Innenleben und Träume, die nichts mit Geld zu tun haben. Sie sind auf der Suche nach Romanzen und einem ausgefüllten Leben. Sie wollen vor ihren in teure Internate abgeschobenen Scheidungskindern bestehen und etwas Sinnvolles tun. Und so kümmert sich auf einmal der zynische Anwalt Roger um seinen neugeborenen unehelichen Sohn und setzt sich für zu Unrecht verurteilte schwarze Todeskandidaten ein. Augusta verläßt ihren Mann und wird Fotografin, Camille, die von ihrem Mann verlassen wird, macht ihre Villa zum Heim für Hunde, und Marina, die den Salthill Bookstore leitet, entdeckt ihr künstlerisches Talent. Die schöne und tragisch geschiedene Abigail findet einen neuen Mann, den sie zwar nicht liebt, aber dafür hat er eine elfjährige Adoptivtochter, um die sie sich nun kümmern kann.

SAMARKAND • Im alten Persien ist die Karawanenstadt an der Seidenstraße eine blühende Metropole. Von der Zitadelle überblickt man Obstgärten und kleine plätschernde Bäche. Reiche Basarhändler, Kupferschmiede und Seidenraupenzüchter, Juden, Parsen, nestorianische Christen und Moslems leben hier. Bei einem Aufenthalt in der Stadt beginnt der Dichter und Astronom Omar Khajjam im Sommer 1072 sein *Rubaijat,* ein großes, aus Vierzeilern bestehendes Werk, in dem er seine Gedanken darlegt. Hier trifft Omar Khajjam seine Geliebte und spätere Frau Dschahane. Während Dschahane auf seiten der Sultanin Terken Khatun bei den politischen Intrigen am Hofe von Isfahan mitmischt, stellt sich Omar das Leben anders vor: »Du schreibst deine Gedichte, ich beobachte meine Sterne. Jeden Abend schmiegst du dich nackt in meine Arme, der Muskatwein beschwingt uns, die Welt hört auf für uns zu existieren.« Über Jahrhunderte bleibt das Manuskript nach Omars Tod verschollen. Erst im 19. Jahrhundert taucht es wieder auf. Der Amerikaner Benjamin O. Lesage, dessen zweiter Name Omar ist, ist fasziniert vom alten Persien und von der Freiheit des Denkens, die in den überlieferten Vierzeilern von Omar Khajjam zu spüren ist. Er begibt sich auf die Suche nach dem Manuskript und kämpft für die Demokratie in Persien. Aber die alten Mächte siegen. Die Mullahs sind gegen die Demokratie. Die Russen und Engländer, die die Konzessionen für das Öl, den Tabakhandel und andere wirtschaftliche Aktivitäten im Land haben, verhindern den Fortschritt und setzen eine Marionettenregierung ein, die sich nicht gegen ihre wirtschaftlichen Interessen stellt. Benjamin überquert auf der Titanic den Ozean auf seiner Rückfahrt nach Amerika. Das Manuskript von Samarkand gibt ihm der Autor Amin Maalouf mit. Aber die Titanic sinkt, und mit ihr das Manuskript und die Hoffnung auf Freiheit und Demokratie im Orient.

Sanary-sur-mer • Zahlreiche deutsche und österreichische Schriftsteller und Intellektuelle lebten zwischen 1933 und 1942 in dem Fischerdorf an der Côte d'Azur, das der Philosoph Ludwig Marcuse als »Hauptstadt der deutschen Exilliteratur« bezeichnete. Hier sang Bertolt Brecht in den Hafenkneipen Spottlieder über die Nazis, Thomas Mann schrieb *Joseph und seine Brüder*, Lion Feuchtwanger arbeitete an *Die Geschwister Oppermann*. Über sein Exil schrieb er: »Die

Landschaft rings um mein Haus ist schön und voll tiefen Friedens. Berge, Meer und Inseln; eine herrlich geschwungene Küste; Ölbäume, Feigenbäume, Pinien; ein paar verstreute Häuser.« Auch Stefan Zweig, Egon Erwin Kisch, Golo Mann, Klaus und Erika Mann, Ludwig Marcuse, Joseph Roth, Arnold Zweig und Franz Werfel lebten in Sanary. Thomas Mann war mit seiner Familie als einer der ersten in das verschlafene Fischerdorf gekommen, die anderen Exilanten folgten, denn hier war das Leben billiger als in Paris. Viele von ihnen hofften, nach kurzer Zeit in die Heimat zurückkehren zu können, statt dessen mußten sie bei Kriegsausbruch weiterziehen, die meisten gingen in die USA.

SANSIBAR • Der Mississippi, der Südpol, Bengalen oder Sansibar. Der Schiffsjunge will einfach weg aus dem langweiligen kleinen Ostseehafen. Für die anderen Protagonisten von Alfred Andersch geht es um mehr. Die Jüdin Judith muß Nazi-Deutschland verlassen, um sich in Schweden in Sicherheit zu bringen. Der Kommunist Gregor will nachsehen, wie es um den Widerstand bestellt ist und der Pfarrer möchte die von den Nazis als entartete Kunst eingestufte Barlach-Figur »Der lesende Klosterschüler« aus dem Land schmuggeln. Sie alle treffen in dem kleinen Ostseehafen auf den Fischer Knudsen, der sie in die Freiheit bringen kann – nach Schweden oder Sansibar.

Schatzhöhle • Durch Zufall sieht der arme Holzhändler Ali Baba wie vierzig Räuber in eine Höhle gelangen. Auch er probiert daraufhin das Losungswort aus: Sesam, öffne dein Tor! Und schon öffnet sich die Tür. Die Räuber haben in dieser Höhle alles gelagert, was sie den Karawanen abgenommen haben. In der ersten Halle der Höhle findet Ali Baba alles, was das Herz an Speise und Trank begehrt. In der zweiten liegen Gold- und Silberbarren und vielerlei Münzen. Die dritte Halle enthält kostbare Stoffe und Kleider aus aller Welt. Darauf folgt die Halle mit den edlen Steinen, wo Hyazinthe und Smaragde, Türkise und Topase, Berge von Perlen und Korallen lagern. Daran schließt sich die Halle der Gewürze und der Wohlgerüche an, wo der Duft von Aloeholz und Moschus emporwallt. Weihrauch, Safran und Sandelholz sieht er hier. Ali Baba stopft sich schnell die Taschen mit Gold voll und verläßt die Höhle. Die Räuber suchen nach ihm, aber die schlaue und tapfere Sklavin Mardschâna tötet die Räuber, als sie in Ali Babas Haus eindringen. Sie heiratet Alis Sohn, und nachdem alle Räuber tot sind, kann Ali immer etwas aus seiner Schatzhöhle holen, wenn er es braucht.

Schatzinsel • Der sonnenverbrannte alte Seemann hat eine entstellende Säbelnarbe. Er wird von anderen Piraten verfolgt, und als er stirbt, stößt Jim Hawkins, der Sohn des Wirts vom »Admiral Benbow«, in der Seemannskiste des Piraten auf eine Landkarte, die zeigt, wo der Schatz des berüchtigten Captain Flint vergraben liegt. Von Skeleton Island finden sich auf der Karte die genauen geographischen Angaben mit Längen- und Breitengrad. Die Insel ist neun Meilen lang und fünf Meilen breit. In ihrer Mitte erhebt sich ein Hügel. Ankerplätze für Schiffe sind ebenfalls eingezeichnet. Drei rote Kreuze markieren die Stellen, an denen der Schatz versteckt ist. Zusammen mit Squire Trelawney und dem Arzt Dr. Livesey schifft sich Jim Hawkins von Bristol aus zur Schatzinsel ein. Aber auch die Piraten der ehemaligen Besatzung von Captain Flint sind hinter dem Gold her und haben auf dem Schoner »Hispaniola« angeheuert. Ihr Anführer ist der einbeinige Schiffskoch Long John Silver. Er benutzt eine Krücke und hat seinen Papagei mit an Bord gebracht. Erst als sie die Insel erreicht haben, merken Jim und seine Freunde, wen sie mit an Bord haben. Robert Louis Stevenson schrieb die *Schatzinsel* in Schottland und in London. Erst nach der Publikation des Buches machte er seine Reisen in die Südsee, wo er sich auf Upola, einer zu Samoa gehörenden Insel, niederließ. Er bestritt, daß es ein reales Vorbild für die Schatzinsel gäbe. Die meisten vermuten, daß Skeleton Island in der Karibik liegt, manche meinen, die geheimnisvolle Insel sei im Pazifik zu finden.

Schloss der Schneekönigin • Die kleine Gerda und der kleine Kay spielen jeden Tag zusammen. Da bohrt sich ein Splitter aus dem Zauberspiegel in Kays Herz. Der Spiegel und seine Splitter bewirken, daß alles, was schön ist, nun häßlich erscheint. Aus Abenteuerlust hängt Kay seinen Schlitten an den von Pferden gezogenen Schlitten der Schneekönigin, die ihn in ihr Reich entführt. Nun lebt er in dem kalten Schloß der wunderschönen Schneekönigin. Sein Herz ist ein Klumpen aus Eis. Doch Gerda kann ihren Spielkameraden nicht vergessen und macht sich auf die Suche nach ihm. Nach einer langen Reise sagen ihr die Waldtauben, daß sie Kay im Schlitten der Schneekönigin gesehen hätten, vermutlich auf dem Weg nach Lappland, wo sie ihr Sommerzelt hat. Ihre Freundin, das Räubermädchen, leiht ihr ein Rentier, auf dem Gerda nach Lappland fliegt. Dort schickt man sie weiter in die Finnmarken. Es wird immer kälter, und schließlich liegt das Schloß der Schneekönigin vor ihr. Die Wände des Schlosses sind aus treibendem Schnee. Es hat über hundert leere, große, eisige Säle. Gerda findet Kay, und eine ihrer Tränen taut sein Herz auf. Dann kann auch Kay weinen, und seine Tränen schwemmen den Splitter aus seinem Herzen. Gerda und Kay fliehen und sind für immer glücklich, so besagt es das Märchen von Hans Christian Andersen.

Schloss Gripsholm • »Baden im See; nackt am Ufer liegen, an einer versteckten Stelle; sich voll Sonne saugen, daß man mittags herrlich verdöst und trunken von Licht, Luft und Wasser nach Hause rollt; Stille; Essen; Trinken; Schlaf; Ruhe – Urlaub.« So verbringen Kurt und die Prinzessin ihre Ferien unter einem blauen Sommerhimmel mit weißen Wattewolken in der klitzekleinen Stadt Mariefred am Mälarsee. Sie wohnen fünf Wochen im Schloß, einem der ältesten Schwedens. Erst kommt Kurts Freund Karlchen zu Besuch, dann gesellt sich Billie zu ihnen, und es beginnt eine sommerliche Ménage à trois. Kurt Tucholsky machte Schweden ab 1929 zu seiner Wahlheimat. In Mariefred ist er begraben.

Schweiz • Hadda führt mit ihrer Mutter und ihrem kleinen Bruder ein beengtes Leben in der Kasbah, der Altstadt von Algier. Die Kolleginnen an der Schule verschleiern sich, ihre Freundinnen wandern nach Paris aus. Sie selbst ist schon über dreißig und noch nicht verheiratet, denn sie will modern sein. Die Mutter hofft, daß sie endlich ihren Cousin heiratet, die Nachbarinnen lästern mitleidig. Als Hadda den reichen Nassib kennenlernt, tut sie alles, um von ihm geheiratet zu werden. Zwar hat er nichts Anziehendes und sieht nicht gut aus, aber er ist reich und lebt auf den Höhen von Algier in einem Viertel, das Schweiz genannt wird. Dort will Hadda hin, die sich nun Sarah nennt, weil Hadda wie der Name einer alten Bäuerin klingt. Dort gibt es weder Moskitos noch Wassermangel. Alles ist sauber und modern. Damen im Chanelkostüm führen ihre kleinen Hündchen spazieren, bevor sie im Duty Free-Shop einkaufen. Ihre Handtaschen sind vollgestopft mit Devisen. Die Garagentüren schließen sich hinter brandneuen Autos, und auf dem Tennisplatz trinken langbeinige Frauen und sonnengebräunte Männer während einer Pause Coca-Cola. Daß sie Nassib gar nicht leiden kann, spielt keine Rolle für Leïla Marouanes schönes *Mädchen aus der Kasbah*. Sie will raus aus der Altstadt und ins schöne Viertel Schweiz an den Hängen ziehen.

SEGOU • Gegen Ende des 18. Jahrhunderts ist die Stadt an den Ufern des Niger auf dem Höhepunkt ihrer Macht. Die adlige Bambara-Familie Traoré zählt zu den Beratern des Königs. In den Vorratskammern türmen sich Hirse und Baumwolle, die von Hunderten von Sklaven angebaut wurden. Araber stehen in den Pferdeställen. Das prächtige Anwesen ist von hohen Mauern mit Türmchen umgeben und hat mehrere Höfe, in denen die verschiedenen Familienzweige leben. Doch die Zeiten ändern sich. Die Söhne der Familie Traoré ziehen in die Welt hinaus, einer wird zum Vorkämpfer des Islam, einer zieht mit einer Karawane durch die Sahara, ein anderer gelangt in die Sklaverei nach Brasilien, und Malobali, der jüngste, wird Christ. Die traditionelle Fetischreligion und die alten Sitten der Bambara sind von allen Seiten bedroht. Aber noch ist Segou eine reiche, prächtige Stadt, umgeben von Mauern aus Lehm. Maryse Condé, die Autorin, stammt von der Karibikinsel Guadeloupe. In *Segou* bewegt sie sich auf den Spuren ihrer Bambara-Vorfahren.

SHAKESPEARE & COMPANY • 1919 gründete die Amerikanerin Sylvia Beach mit den Ersparnissen ihrer Mutter eine Buchhandlung in Paris. Wie ihre Freundin Adrienne Monnier, die ganz in der Nähe die französischsprachige Buchhandlung »La maison des amis des livres« führte, hatte Sylvia Beach eine Leihbibliothek, in der auch Simone de Beauvoir sich und Sartre mit Lektüre versorgte. Zu ihren Kunden, Freunden und Brieffreunden zählte die Avantgarde der englischen, amerikanischen und irischen Schriftsteller wie Ernest Hemingway, F. Scott Fitzgerald, Gertrude Stein, Sherwood Anderson, T. S. Eliot, Ford Madox Ford und Ezra Pound. Als James Joyce keinen Verlag für seinen *Ulysses* fand, erklärte sich Sylvia Beach bereit, das Buch zu veröffentlichen. Für die erste Auflage von 1000 Exemplaren bekam sie Subskriptionen von André Gide, Yeats, Hemingway und T. E. Lawrence. Ihr eigenes Buch hieß natürlich *Shakespeare and Company*. 1941, als Paris von den Nazis besetzt war, mußte Sylvia Beach ihre

Buchhandlung schließen. 1951 eröffnete der Amerikaner George Whitman die heutige gleichnamige Buchhandlung, die sich nun ganz in der Nähe von Notre Dame in der Rue de la Bûcherie befindet. Sie wurde bald zum Treffpunkt der Beat Generation. Allen Ginsberg übernachtete hier, und auch heute noch können Schriftsteller und Künstler zwischen den Büchern schlafen. Die Buchhandlung ist ein Labyrinth aus Treppen und kleinen Räumen voller Bücher auf mehreren Stockwerken.

Shanghai • Eine durchsichtige Glaswelt, die sich nachts in ein Lichtermeer verwandelt, das ist Shanghai Ende der neunziger Jahre. Hier leben die neuen kapitalistischen Chinesen, die Künstler und westlichen Ausländer. Manchmal begegnet man noch dem alten Shanghai, den freundlichen arbeitslosen Hausfrauen, vor deren Küchenfenstern Trockenfisch und gesalzener Kohl hängen und von deren Kohleöfen Rauchwolken in die Wohnung der fünfundzwanzigjährigen Schriftstellerin Coco hineinwehen. Zusammen mit ihrem Freund Tiantian führt sie ein Jetset-Leben in den Karaoke-Bars, Restaurants, Cafés und auf den Boulevards der vergnügungssüchtigen Stadt. Auf einer Party lernt sie den deutschen Geschäftsmann Mark kennen, der ihr Liebhaber wird. Coco ist hin- und hergerissen zwischen dem sensiblen Künstler Tiantian, der seine Drogensucht nicht in den Griff bekommt, und dem energischen Deutschen. *Shanghai Baby* muß sich entscheiden, zwischen dem Wunsch zu schreiben und dem Verlangen, einfach das Leben in der aufregendsten Stadt Asiens zu genießen. Wei Huis Roman wurde als zu dekadent in China verboten. Sie gilt als eine der Stimmen des jungen und modernen China.

SHANGRI-LA • Mitten im Himalaja liegt für die Außenwelt versteckt James Hiltons Lamakloster Shangri-La. Nur über einen schmalen Pfad gelangt man in die buntbemalten Pavillons am Berghang. Von der Terrasse mit dem Lotusteich können die Lamas das fruchtbare Tal des Blauen Mondes überblicken. Die Welt befindet sich in Auflösung, als der englische Diplomat Conway nach Tibet gelangt. Nur hier, inmitten der unzugänglichsten Bergkette, steht die Welt still. Die Höhenluft ist kalt und ruhig. Die Lamas werden oft mehrere hundert Jahre alt. Nichts ist hier eilig. Wenn der erwartete Weltuntergang eintreten sollte, dann werden hier in Shangri-La die Kunstschätze und Bücher eines sterbenden Zeitalters bewahrt werden. Das Kleine, Zarte und Wehrlose, das ansonsten dem Untergang geweiht wäre. Die Lamas hüten das Erbe. Sie lesen, musizieren und meditieren. Sie haben Zeit, die Gabe, die die westliche Welt verloren hat, obwohl sie ihr permanent hinterherjagt.

SHERWOOD FOREST • Ob es Robin Hood wirklich gab, ist umstritten. Seit dem 14. Jahrhundert taucht er in Legenden und Balladen auf. Robin Hood ist ein Geächteter, der vom schurkischen Sheriff von Nottingham um sein Land gebracht worden ist. Mit seinen Gesellen Little John, dem Mönch Tuck und seiner Geliebten Maid Marian führt er im Sherwood Forst ein ungebundenes Jäger- und Räuberleben. Doch weil er nur von den Reichen stiehlt, die Armen aber beschützt, verehrt ihn das Volk. Die Versuche seiner Feinde, des Sheriffs von Nottingham und des Abts von St. Mary in York, ihn und seine Gefährten gefangenzunehmen, scheitern ein ums andere Mal an der List Robin Hoods. Sir Walter Scott setzte ihn als Figur in seinem Roman *Ivanhoe* ein, der zur Zeit der Kreuzzüge spielt. Riesige Buchen und alte Eichen lassen fast kein Sonnenlicht in den Wald dringen. Nur auf den kleinen Lichtungen ist es hell. Man sagt, daß es einen Drachen gäbe, und von Druiden stammt ein alter Steinkreis. Sherwood Forest erstreckt sich über unzählige Täler und Hügel. Das Gebiet ist so groß, daß der Arm des Gesetzes hier nicht hinlangen kann.

SINKIANG • Schon als Kind liebte die Genfer Reisejournalistin Ella Maillart Landkarten und Abenteuerbücher. Sie gehörte zur Schweizer Ski-Nationalmannschaft und nahm 1924 als Seglerin an den Olympischen Sommerspielen teil. 1935 machte sie sich mit ihrem Reisegefährten Peter Fleming von der Londoner *Times* von Peking aus auf den Weg nach Srinagar in Kaschmir. Ziel war es, die Provinz Sinkiang zu erforschen. Dort rebellierten Aufständische, und die Provinz war für Ausländer abgeriegelt. Sinkiang, das chinesische Turkestan, grenzte an Tibet, Indien, Afghanistan und die UdSSR. Ella Maillart und Peter Fleming begaben sich auf eine *Verbotene Reise* nach Zentralasien. Sie mußten sich gegen Behörden und Räuber wehren. Sogar verhaftet wurden sie. Sie reisten mit der Bahn, auf LKWs, mit einer Kamelkarawane, auf Maultieren, zu Pferde und zu Fuß. Fast 6000 Kilometer legten sie zurück – durch die Salzwüsten des Kuku Nor, die Sumpfplateaus des Tsaidam, die Sandwüste Takla Makan, die Gebirgsketten des Pamir und des Karakorum – und erreichten nach sieben Monaten erschöpft ihr Ziel Srinagar.

SOFIA • Während der Nazizeit floh Angelika Schrobsdorff mit ihrer jüdischen Mutter und ihrer Schwester nach Bulgarien, wo sie acht Jahre verbrachte. Viele Jahre später machte sich die Schriftstellerin von Paris aus auf den Weg, um ihre Jugendfreundin Ludmila in Sofia zu besuchen, die sie über fünfundzwanzig Jahre nicht gesehen hatte. Schon die Anreise mit Balkan Airlines wurde zum Abenteuer, denn wegen heftigen Schneefalls konnte das Flugzeug nur in Burgas am Schwarzen Meer landen. Durch die Unannehmlichkeiten lernten sich die Reisenden kennen: der syrische Ingenieur im Kaschmirmantel, der sofort nach Paris zurück wollte, als er sah, wie klein der Flughafen in Burgas war, der immer dieselbe Zeitung lesende Franzose, die bulgarische Nonne, die Athleten und die drei Japaner. Am darauffolgenden Morgen brachen sie gemeinsam zu einer achtstündigen Zugfahrt nach Sofia auf, denn es schneite noch immer. Im Speisewagen lernten sie die Kellner und den nigerianischen Studenten kennen. Die Abteile waren überfüllt, aber voller Leben. Das Reisen war viel angenehmer als im Westen, wo immer alles klappte und man sich langweilte.

SONNE • Auf die Sonne gelangt Cyrano de Bergerac, als er aus dem Gefängnis ausbricht. Mit einer Maschine, die ein Segel hat und fliegen kann, weil Sonnenstrahlen auf einen Brennspiegel fallen, entschwebt er aus seinem Gefängnisfenster. Er umkreist die Erde mehrmals, fliegt an Mond, Venus und Merkur vorbei und stößt schließlich ans Firmament. Von dort stürzt er wieder in den Himmel und landet auf der Sonne. Er gelangt ins Land der Vögel, das eine Taube regiert, denn bei den Vögeln muß der Herrscher immer friedfertiger sein als alle anderen, und er wird alle sechs Monate neu gewählt. Cyrano wird ins Gefängnis geworfen, weil ein Rebhuhn, dem die Menschen eine Halswunde zugefügt haben, ihn anklagt, ein Mensch zu sein. Sein Anwalt vor Gericht ist ein Star, seine Fürsprecherin eine Elster. Der ehemalige Papagei seiner Base, dem er einmal die Käfigtür zur Freiheit geöffnet hatte, rettet ihn schließlich. Nach seiner Freilassung gelangt er in ein Land, in dem die Pflanzen reden können. Er hört von den anderen Ländern auf der Sonne, von den Königreichen der Vierfüßler, der Pflanzen und der Steine. Und auch die Seelen der auf der Erde verstorbenen Philosophen leben hier in einem Land, wo sie 7000 bis 8000 Jahre alt werden. *Die Reise zur Sonne* ist die Fortsetzung *Der Reise zum Mond* und wurde ebenfalls erst nach dem Tod des Haudegens und Schriftstellers veröffentlicht.

Sri Lanka • In den sechziger Jahren läßt Romesh Gunesekera in *Riff* den elfjährigen Triton seinen Dienst im Haus des Meeresbiologen Mister Salgado antreten. Dieser erforscht Mücken, Sümpfe und Korallen. Das Haus hat eine luftige Veranda und zwei in weiße Jasminsträucher getauchte Säulen an der Vorderseite. Im Garten tummeln sich rotschnäbelige Papageien. Am Ende der friedlichen Nebenstraße befindet sich eine Teebude. Nachdem der Butler Joseph entlassen worden, die alte Köchin Lucy in ihr Dorf im Dschungel zurückgekehrt ist und Triton den ganzen Haushalt übernommen hat, wird im Garten noch ein Teich angelegt. Zu den Wasserlilien, rosafarbenen Lotusblüten und Goldfischen gesellen sich bald auch die Moskitos, deren Name der Forscher Mister Salgado wie den Namen einer Gottheit ausspricht. Schon bei Lucy hat Triton das Zwiebelschälen gelernt, bei Sam-Li, dem Koch in Nummer 5, lernt er, wie man Pfannengerührtes zubereitet und eine Frühlingszwiebel in eine Seerose verwandelt. Aus dem Hausboy Triton wird bald schon ein passionierter und genialer Koch. Als sich Mister Salgado in die aparte Miss Nili verliebt, verwöhnt Triton sie mit seiner ganzen Kunst: Pol-kiri-badun-Curry, Auberginen und Fleischbällchen, Eierkuchen mit grünem Chili, Kokoskekse, Liebeskuchen und Limettensaft. Zu Weihnachten ein Truthahn, gefüllt mit Pflaumen. Und schon bald zieht Miss Nili ins Haus.

St. Paul's • Lawrence Blocks New Yorker Privatdetektiv und Expolizist Matthew Scudder ist Alkoholiker, auch wenn er schon lange nicht mehr trinkt. Im Keller der St. Paul's Kirche in Hell's Kitchen nimmt er regelmäßig an den Treffen der Anonymen Alkoholiker teil. Immer abends von halb neun bis zehn. Sonntags, wenn hier kein Treffen stattfindet, weicht er auf andere Kirchen oder das Roosevelt-Krankenhaus aus. Wenn er das Gefühl hat, rückfällig zu werden, nimmt er gleich an mehreren Treffen pro Tag in verschiedenen Stadtvierteln teil. So verstreicht die Zeit schneller. Bald besteht fast sein ganzer Bekanntenkreis aus AA-Bekannten, auch seine Auftraggeber findet er hier. Andere lernen neue Lieben kennen. Eine Stunde vor den Meetings ist schon geöffnet. Es gibt Kekse und Kaffee, und dazu erzählt jemand seine Geschichte.

STENDAL • Marie-Henri Beyle, der sich Stendhal nannte, war nie in Stendal. Er hielt sich in Berlin auf und arbeitete als Beamter unter Napoleon etwa zwei Jahre in Braunschweig. Stendal ist eine kleine Stadt mit roten Backsteinkirchen in Sachsen-Anhalt. Es ist der Geburtsort des Archäologen Johannes Joachim Winckelmann, und es gibt Vermutungen, daß der Autor von *Rot und Schwarz* den Namen der ihm unbekannten Stadt zu Ehren Winckelmanns als Pseudonym wählte. Stendhal haßte die Provinz, und er haßte Deutschland, das Land erschien ihm weder sonnig noch heiter, im Gegensatz zu seinem geliebten Italien. Stefan Zweig schrieb über Stendhal, daß es wenige gab, die mehr gelogen hätten. Sein erstes Buch veröffentlichte er unter dem Namen Louis Alexandre César Bombet, in Braunschweig legte er sich ein »de« vor dem Namen zu, und begraben ließ er sich unter falschem Namen. Er wählte immer wieder Masken und suchte sich ein geheimnisvolles Pseudonym, das noch rätselhafter wirkt, weil man den Grund für seine Wahl nicht kennt.

Storyville • Nell Kimball fühlte sich am Ziel, als sie im Rotlichtviertel von New Orleans gegen Ende des 19. Jahrhunderts ihr eigenes Bordell eröffnete. Sie war auf einer Farm im mittleren Westen in großer Armut groß geworden. Hunger, die ständigen Schwangerschaften der Mutter, ein streng religiöser Vater, der die Kinder schlug, Arbeit den ganzen Tag. So sah ihr Leben aus, bis sie mit fünfzehn von zu Hause weglief, um die große weite Welt kennenzulernen und ein besseres, bequemeres Leben zu führen. Mit dem erstklassigen Haus, das sie in New Orleans als Madame leitete, verwirklichte sie ihre Träume. Rote Teppiche, Kronleuchter, gute Betten, sauberes Bettzeug, Ölbilder in goldenen Rahmen mit »Titten und Ärschen«. Dazu gutes Essen, nette Mädchen, Ragtime und Jazz. Nichts Perverses, und die Polizei immer bei Laune halten mit Bestechungsgeldern und Partys. Nell Kimball sah sich selbst als amerikanische Erfolgsgeschichte in der »Vom Tellerwäscher zum Millionär«-Tradition. Männer besuchten nach Meinung der Madame Bordelle, weil es ihrer Vorstellung von Sünde und Freiheit entsprach. Sie mochten die Gesellschaft anderer Männer, wollten Karten spielen und über Pferderennen reden. Sex komme erst an zweiter Stelle, schreibt sie in ihren *Memoiren aus dem Bordell.*

Sturmhöhe • Mit Dreißig starb Emily Brontë an Tuberkulose. Bis auf einen mehrmonatigen Aufenthalt in Brüssel ist sie kaum aus dem Dorf Haworth hinausgekommen. Sie war nie verheiratet, ihre Biographen haben vergeblich versucht, Spuren eines Liebhabers zu finden, und sie hat nur ein einziges Buch geschrieben. Die tragische, düstere und leidenschaftliche Geschichte einer großen Liebe, die auf dem Gutshof *Sturmhöhe* in der Moorlandschaft Yorkshires spielt, wurde zu einem der größten Klassiker der englischen Literatur. Die Welt von Emily und ihren Geschwistern Charlotte, Anne und Patrick im Pfarrhaus war eng und isoliert, um so gefühlvoller und intensiver sind ihre Figuren. Catherine Earnshaw und ihr Adoptivbruder Heathcliff lieben sich schon als Kinder. Als Catherine Edgar Linton heiratet, nimmt Heathcliff Rache.

Syrakus • In Sizilien verliebt sich der Gelehrte und Autor der Universalgeographie Muhammad al-Idris in Balkis, die Frau des Emirs. Im Frühling ist die Stadt erfüllt vom Duft der Zitronen-, Orangen-, Aprikosen-, Mandel- und Pfirsichblüten, intensiviert durch die feuchte, salzige Meeresbrise. Die Stadt ist warm, aber noch nicht so heiß wie im Sommer. Muhammad verbringt die Vormittage nach dem Morgenkaffee in der Palastbibliothek, wo er alte Handschriften studiert und an einem Buch schreibt. Nachmittags trifft er seine Geliebte. Der Autor Tariq Ali schildert in seinem Roman über einen der größten Reisenden und Gelehrten des arabischen Mittelalters, wie die Blütezeit des guten Lebens und der Gelehrsamkeit auf Sizilien ihrem Ende entgegengeht.

TÄBRIS • 1953 brach der junge Schweizer Nicolas Bouvier zusammen mit einem Freund zu einer Reise nach Afghanistan auf, mit dem Auto. In Täbris überraschte sie der Wintereinbruch, so daß sie dort sechs Monate verbringen mußten. Die Straße nach Teheran verlief auf einer Höhe von 3000 Metern, schon im Oktober kam man da mit dem kleinen Fiat Topolino nicht mehr voran. Die Verbindung zur Außenwelt war durch den Schnee abgeschnitten. Täbris war einst eine stolze Stadt gewesen, so wunderbar, daß die Mongolen sich nicht getraut hatten, sie zu zerstören. 1953 aber lag sie in unmittelbarer Nähe der russischen Grenze, die Handelswege waren unterbrochen, die wohlhabenden Kaufleute hatten ihre Geschäfte nach Beirut oder Istanbul verlegt. Nicolas Bouvier mietete zwei kleine Zimmer, die auf einen Hof mit einem Granatapfelbaum gingen, mitten im armenischen Viertel. Seine Vermieterin hielt ihn für einen aus seinem Land Vertriebenen, denn wer käme sonst nach Täbris? Die beiden französischen Mönche, die sich in der

Stadt befanden, waren schon lange ohne Beschäftigung. Die wenigen Amerikaner kämpften gegen die kommunistische Bedrohung, die ganze Stadt tratschte über die sieben jüdischen Familien, denen Tel Aviv so wenig gefallen hatte, daß sie sich in Täbris niedergelassen hatten. Kinofilme, die fünfundzwanzig Jahre alt waren, wurden als Erstaufführungen gezeigt. Nicolas Bouvier war begeistert von den freundlichen Nachbarn, die ab und zu heimlich seine Zimmer fegten oder eine heiße Suppe bereitstellten, während er im Ort unterwegs war. Der nette Postmeister, bei dem man einen Tee trank, wenn man seine Post abholte, konnte nicht garantieren, daß Postkarten aus Europa mit Blumen- oder Frauenbriefmarken ankämen, denn die seien zu beliebt. Bei dreißig Grad unter Null wurde es mittags schon dunkel, aber es gab Öfen, Samoware, Wodka, exzellentes Brot, Schafskäse, Zwiebeln und persische Zigaretten.

TAHITI • Manche Menschen werden fern von ihrer wahren Heimat geboren. Ihr Leben lang haben sie Heimweh nach einem unbekannten Land. Der Börsenmakler Charles Strickland führt mit zwei Kindern und seiner Frau ein bequemes, ruhiges Dasein im London der Jahrhundertwende. Eines Tages verläßt er ohne Vorankündigung seine Familie, löst seine Firma auf und geht nach Paris, um Maler zu werden. Seine

Umgebung reagiert fassungslos. Nach einigen in Armut verbrachten Jahren als Maler in Paris fährt er nach Tahiti. Er schrubbt gerade das Deck, als er die Insel zum ersten Mal sieht und weiß, daß dies der Ort ist, nach dem er sich sein Leben lang gesehnt hat. Tahiti ist eine hoch aufragende grüne Insel, mit tiefen Senken, in denen man stille Täler und murmelnde Bäche erahnen kann. Strickland zieht mit seiner tahitianischen Frau Ata in einen Bungalow aus ungestrichenem Holz mit zwei Räumen. Das Haus liegt weit weg von der Straße und der nächsten Ortschaft. Die einzige Einrichtung sind Schlafmatten. Auf der Veranda steht ein Schaukelstuhl. Um das Haus wachsen Bananenstauden, Avocados, Kokospalmen, Mangobäume und eine Vielzahl von Blumen. Oben auf dem Berg gibt es wilde Orangenbäume. Hinter dem Haus ist ein Bach, in dem der Maler badet. Ab und zu geht er zum Riff fischen. Der Ort besitzt die Schönheit des Garten Eden. Charles Strickland verwandelt sich ganz in einen Tahitianer. Er trägt nur noch einen Pareo, einen Baumwollstreifen, der um die Hüften geschlungen wird und bis zu den Knien reicht. Während er malt, sitzen seine Frau und deren weitläufige Verwandtschaft plaudernd und rauchend auf der Veranda. Erst nach seinem Tod kommt der Ruhm. Plötzlich tauchen Kunsthändler aus Berlin und Paris in Tahiti auf, um nach den farbenprächtigen Bildern zu suchen, die auf einmal unglaubliche Preise erzielen. Somerset Maugham orientierte sich in seinem Roman über ein Genie *Silbermond und Kupfermünze* am Leben Paul Gauguins, der in der Südsee lebte.

TAIPI • 1840 heuerte Herman Melville auf einem Walfänger an, zwei Jahre später desertierte er, als das Schiff vor der zu den Marquesas gehörenden Insel Nukuhiwa lag. Genauso ergeht es auch seinem Helden in *Taipi*, der sich nach der Flucht gemeinsam mit einem anderen Matrosen auf der Insel verstecken will, bis das Schiff wieder abgelegt hat. Er gelangt in das Tal Taipi, in dem gefürchtete Kannibalen leben sollen. Doch die »Kannibalen« entpuppen sich als nett und gastfreundlich. Sie leben in palmgedeckten Häusern zwischen grünen Steilwänden. Wasserfälle benetzen die Kokosnußhaine und Guavenbüsche. Die jungen blumengeschmückten Mädchen fächeln den Gästen die Insekten weg, es gibt Poi-Poi, Kokosnußmilch, geröstete Brotfrüchte und Bananen. Bei Vollmond gehen die jungen Männer in der Bucht auf Fischfang. Alle sind gut gelaunt und vergnügt. Man steht nicht allzu früh auf in Taipi und beginnt den Tag mit einem Bad im kühlen Fluß. Das Frühstück nimmt man auf Matten liegend ein. Dann reiben sich die Frauen mit Kokosöl ein, die Männer schnitzen und rauchen. Einige gehen Früchte sammeln. Es folgt ein Mittagsschlaf, danach die Hauptmahlzeit. Nach dem Abendbad im Fluß singen, tanzen und feiern die Bewohner des Tals. Als Melvilles Protagonist Tom den Wunsch äußert, das Tal zu verlassen, sind seine Gastgeber beleidigt und traurig. Man läßt ihn nicht gehen. »Warum kommt ihr her, wenn ihr dann wieder wegwollt?« fragt man ihn. Nach mehreren Monaten erst gelingt ihm die Flucht aus dem Paradies.

TANGER • Nur 14 Kilometer von Europa entfernt liegt das marokkanische Tanger. Eine weiße Stadt am Meer – orientalisch und gleichzeitig mit kolonialem Flair. Zwischen 1923 und 1956 war Tanger Internationale Zone unter der Verwaltung von acht Staaten. Tanger war eine Oase für Paradiesvögel und Beatniks, ein Mekka für Schriftsteller. An dieser neuen Côte d'Azur ließ sich die reiche Woolworth-Erbin Barbara Hutton nieder, und hier lebten die Schriftsteller William S. Burroughs, Jack Kerouac, Allen Ginsberg, Truman Capote, Tennessee Williams und Paul Bowles, der Autor von *Himmel über der Wüste*. Ab 1956 gehörte Tanger wieder zu Marokko, die wilde Partyzeit war vorbei.

TARA • »Morgen ist auch ein Tag«, sagt sich Scarlett O'Hara, als ihr Mann Rhett Butler sie verläßt, in den sie sich nach langen Ehejahren endlich gerade verliebt hat. Aber sie wird nicht aufgeben und ihn zurückgewinnen. Auf Tara, dem Familiensitz im Norden Georgias, den sie nach dem Bürgerkrieg mit großem Krafteinsatz wieder aufgebaut hat, will sie sich die Wunden lecken und neue Pläne schmieden. Allein das Bild der Plantage vor ihrem inneren Auge gibt ihr neue Kraft. Das weiße Haus auf dem Hügel, zu dem eine Zedernallee hinaufführt. Die von Glyzinien bewachsene Veranda, die Magnolienbäume auf dem Rasen. Die Baumwollfelder, die weiß in der Sonne flimmern. Und weit unten der Fluß.

TASMANIEN • Nachdem er sieben Jahre an einer Bruce-Chatwin-Biographie gearbeitet hatte, zog es Nicholas Shakespeare dorthin, wo der große Reiseschriftsteller nie war: nach Tasmanien. Einstmals war die Insel südlich von Australien der Ort, an den man aus England die hartnäckigsten Wiederholungstäter schickte. Tasmanien war eine große Strafkolonie. Es war so verrufen, daß der ursprüngliche Name »Van-Diemens-Land« aufgegeben wurde. Heute ist Tasmanien ein Naturparadies mit sauberer Luft, türkisfarbenen Gewässern und von Gletschern geschaffenen Landschaften. Lange verschwiegen die Tasmanier ihre Abstammung. Heute ist es en vogue, Sträflinge unter seinen Vorfahren zu haben. Über Jahre hieß es, daß es in Tasmanien keine Aborigines mehr gäbe, weil man sie alle umgebracht habe. Heute bekennen sich wieder Tasmanier zu ihren schwarzen Vorfahren, auch wenn sie selbst inzwischen weiß und nicht mehr von den Nachkommen der Sträflinge zu unterscheiden sind. Der Engländer Nicholas Shakespeare, der seinen Wohnsitz zur Hälfte nach Tasmanien verlegt hat, recherchierte mit der Geschichte Tasmaniens auch die Vergangenheit der eigenen Verwandtschaft, denn auch die schwarzen Schafe der Familie Shakespeare wanderten alle nach Australien aus.

TATARENWÜSTE • Giovanni Drogo wird in eine abgelegene Festung im Gebirge abkommandiert. Seine Garnison bewacht die Grenze zur Tatarenwüste. Obwohl niemand dort jemals einen Tataren gesehen hat, liegt eine vage Bedrohung in der Luft. Täglich ändern sich die Losungswörter, die Disziplin ist streng. Jederzeit könnte ein Überfall stattfinden. Die Wüste ist aus Stein. Am Horizont sieht man Nebel. Zu Beginn seiner Stationierung will sich Dino Buzzatis Leutnant Drogo gleich wieder wegversetzen lassen, weil er merkt, daß hier nie etwas passiert. Aber dann verbringt er sein ganzes Leben in der Festung. Im Norden, in der Wüste, lauert sein Schicksal. Eine unbestimmte Sehnsucht nach dem großen Abenteuer hält ihn fest. Er hofft, daß ihm die Wüste die Möglichkeit gibt, eine Heldentat zu vollbringen. Wenn er die Wachpatrouille leitet, träumt er davon, daß die Tataren angreifen und er sie mit wenigen Männern in Schach hält. Der König würde ihm einen Orden verleihen. Aber die Tataren zeigen sich nicht, und Drogo verplempert sein Leben am Rande der Wüste, in der Hoffnung, daß das, was seinem Leben einen Sinn verleihen würde, doch noch eintritt.

Thornhill's Point • 1806 wird William Thornhill aus London nach New South Wales deportiert, weil er beim Klauen erwischt worden ist. Seine Familie darf mitreisen. In Australien kann man es zu etwas bringen, selbst Gefangene können den Aufstieg schaffen. Hier verliebt sich William Thornhill in ein Stück Land, als er den Fluß Hawkesbury befährt. Grün und einladend liegt es da. Mangroven und Schilf säumen das Ufer. Hier leben Eidechsen und kleine blaue Vögel. Ab und zu sieht man ein Känguruh. Eigenes Land zu bebauen ist sein großer Traum. In England hätte er sich das nie leisten können, aber in Australien gehört alles Land dem König, und der Gouverneur ist froh, wenn es besiedelt wird. Man fährt einfach hin, baut eine Hütte und gibt dem Land seinen Namen. Als Thornhill seine Begnadigung vom Gouverneur erhalten hat, segelt die Familie nach Thornhill's Point, wie das Land ab sofort heißt, und läßt sich hier nieder. Sie reißen Büsche aus, graben den Boden um und pflanzen Getreide an. Bald kann er sich das erste Paar Schuhe seines Lebens kaufen. Doch dann bauen Aborigines Hütten auf seinem Grundstück und wollen sich nicht wieder vertreiben lassen. Man kann sich nur schwer verständigen, aber anscheinend betrachten auch sie dieses Land als ihr Eigentum. Eine Zeitlang lebt man friedlich nebeneinander, doch dann eskalieren die Beziehungen zwischen weißen Siedlern und Ureinwohnern. Einige der Siedler machen Jagd auf die ursprünglichen Bewohner des Landes, und auch diese reagieren nun mit Gewalt. Thornhills Frau Sal bekommt Angst und will nach England zurückkehren. Doch Thornhill ist nicht bereit, sein Stück Land zu verlassen, für das er so hart gearbeitet hat. Er schließt sich einer Gruppe Siedlern an, die ein Massaker an den Aborigines begehen, damit ein für allemal Ruhe ist am Fluß Hawkesbury. William Thornhill wird ein reicher Mann, der bald wie ein Gentleman lebt. Er läßt ein großes Steinhaus bauen, im Garten blühen Narzissen. Ihm gehören zwei Schiffe, mit denen er und seine Söhne auf dem Fluß Handel betreiben. Doch das Blut an seinen Händen plagt sein Gewissen. Sein Sohn Dick, der mit den schwarzen Kindern am Fluß gespielt hatte, hat nach dem Massaker nie wieder mit seinem Vater geredet. Thornhill sitzt nun stundenlang auf seiner Veranda und blickt auf das gegenüberliegende Ufer. Manchmal meint er, einen reglos auf einen Speer gestützten schwarzen Mann dort stehen zu sehen, doch es ist nur ein Baum. Die Aborigines kehren nicht zurück. Kate Grenville, die für *Der verborgene Fluß* den englischen Orange-Preis erhielt, widmete ihren Roman über die Besiedlung Australiens den Ureinwohnern.

Tiffany's • Holly Golightly hat einen Bubikopf, sie trägt eine dunkle Brille, ein schlichtes schwarzes Kleid, eine Perlenkette und schwarzen Sandalen. Für uns alle sieht sie aus wie Audrey Hepburn, ist aber im Roman blond. Die vergnügungssüchtige Holly führt ein chaotisches Leben. Sie lügt, ist charmant, exzentrisch und unsolide. Alle Männer, die sie trifft, liegen ihr zu Füßen und können sie nie mehr vergessen. Wenn sie deprimiert ist, nimmt sie sich ein Taxi zum Juwelier Tiffany's auf der Fifth Avenue. Nicht wegen der Brillanten. Die Stille dort beruhigt sie, und sie fühlt, daß an diesem wundervollen Ort nichts Schlimmes passieren kann. Ziel ihres Lebens ist es, einen Platz zu finden, an dem sie das gleiche Gefühl hat wie bei Tiffany's. Sie malt sich aus, wie sie einmal in einem seidenen Himmelbett bei Tiffany's aufwacht und jemand ihr das Frühstück ans Bett serviert.

Traumcafé • Die Kaffeehäuser, in denen man den ganzen Tag über einer Tasse Kaffee diskutieren, Pläne schmieden und Menschen beobachten konnte, sind aus Prag verschwunden. Einstmals verkehrte die Literatin Lenka Reinerová wie viele tschechische und deutschsprachige Literaten im

Café Metro, der Unionka, dem Nationalcafé, dem Café Arco und der Slavia, wo man seinen Stammtisch hatte und von verständnisvollen Oberkellnern bedient wurde. Nun träumt sie von ihrem persönlichen Kaffeehaus. Von hier blickt man auf die Kuppeln und Kirchtürme der Stadt hinunter, denn dieses Café befindet sich in den Wolken. Dort sitzen die großen Prager Schrifsteller, mit denen sie einst bekannt war, und alle, die ihr wichtig sind, an kleinen Tischchen und lesen im *Himmels Boten*. Lenka Reinerová führt von der Erde aus Gespräche mit Egon Erwin Kisch, Max Brod und Franz Kafka, der errötet, als sie ihm erzählt, daß die Touristinnen T-Shirts mit seinem Bild auf dem Busen tragen und er zum großen Star geworden ist. Auch ihr Mann Theodor Balk, Jaroslav Hašek, Franz Werfel, Karel Čapek, Gustav Meyrink, Rainer Maria Rilke und Jaroslav Seifert sind gerade da. Helene Weigel und Anna Seghers teilen sich ein Tischchen im himmlischen Café und lästern über Brecht.

Traumpfade • In der Traumzeit vor vielen Millionen Jahren erschufen sich die Ahnen selbst durch ihre Lieder. Sie besangen Tiere, Pflanzen, Felsen und Wasserlöcher und erweckten sie damit ins Dasein. Ihre aus Wörtern und Noten bestehenden Spuren, die Songlines oder Traumpfade, ziehen sich durch das ganze Land. Eine

Songline ist Landkarte und Kompaß zugleich. Wer das passende Lied kennt, kann den Weg durch ganz Australien finden. Jeder Felsen und jeder Bach sind Teil dieser Partitur. Überall befinden sich heilige Stätten, die nicht gestört werden dürfen. Ein Haufen Flußsteine sind in Wirklichkeit die Eier der Regenbogenschlange, ein rötlicher Sandsteinbrocken ist die Leber eines mit dem Speer erlegten Känguruhs. Bruce Chatwin machte die Religion der australischen Ureinwohner in ganz Europa, den USA und dem weißen Australien populär. Er selbst wurde mit *Traumpfade* vom Kultautor zum Bestsellerautor. Er wurde von vielen Seiten, insbesondere von Anthropologen und von denen, die als Vorbilder seiner Figuren dienten, angegriffen, er habe die Religion der Australier nicht verstanden, er habe die Menschen, die mit ihm geredet hätten, falsch wiedergegeben, das Buch sei oberflächlich. Doch Bruce Chatwin bestand immer darauf, daß sein Buch kein Reisebericht, sondern ein Roman sei, auch wenn der Ich-Erzähler Bruce hieß, ursprünglich aus Sheffield kam und in einem Auktionshaus gearbeitet hatte wie Bruce Chatwin. Die Trennung zwischen Fiction und Non-Fiction hielt er für eine künstlich von Verlegern geschaffene Einteilung. Auch Flaubert habe *Madame Bovary* gründlich recherchiert und fast nichts erfunden. Tatsächlich dauerte die im Roman beschriebene Reise durch das Herz Australiens nur drei Tage. Bruce Chatwin begleitete Toly Sawenko – der das Vorbild für Arkady ist und im Auftrag des Aboriginal Land Council eine Landkarte der heiligen Stätten anlegt. Die Eisenbahn plante eine neue Strecke zwischen Alice Springs und Darwin, und die Ahnen sollten nicht gestört werden. Die Religion der Aborigines besagt, daß das Land so erhalten werden muß, wie es die Ahnen hinterlassen haben. Als er *Traumpfade* schrieb, war Bruce Chatwin schon an Aids erkrankt, woran er 1989 starb. *Traumpfade* zeigt seine Suche nach Spiritualität.

TURIN • In Turin treffen die feine Gesellschaft, die Mafia und die Prostituierten, die Intellektuellen, Verleger und Künstler und die Einwanderer aus Süditalien aufeinander. Die Stadt von Fruttero und Lucentini stellt sich als vielseitiger Mikrokosmos dar. Der Erzbischof-Kardinal, die Ingenieure von Fiat, die Menschen in der Altstadt und der verarmte Adel, sie alle promenieren unter den Arkaden und zwischen den barocken Palästen, frühstücken in den Bars und besuchen die alten Cafés. Im Polizeirevier bei den Kommissaren Santamaria und De Palma mischt sich die sonst getrennte Gesellschaft. Hier freunden sich höhere Töchter mit feministischen Polizistinnen aus kleinen Verhältnissen an. Die Touristenbusse machen einen Bogen um die Stadt im Norden, deshalb ist man ganz unter sich in dieser lebendigen und interessanten Metropole, in der es im Winter noch richtig schneit.

UKRAINE • Nirgends registrierte Transit-LKWs, verplombte Züge, Frauen in Leggings. Ein bißchen billig, aber abenteuerlich und mit Herz, so beschreibt Juri Andruchowytsch die moderne Ukraine. Postsowjetisch und mit k.u.k.-Flair ist sein Heimatroman. Hier brauchen Züge noch dreizehn Stunden für 500 Kilometer, und während der Fahrt lernt man die Mitreisenden kennen. Wer will da noch in den gut geheizten, gelüfteten und sterilen Intercitys Westeuropas fahren, in denen nie etwas passiert und wo es keinerlei menschliche Wärme gibt? Der Autor sieht sein Buch als Einladung an alle, die Ukraine zu besuchen. Im Land selbst haben die *Zwölf Ringe* Diskussionen ausgelöst, ob die Ukraine verunglimpft werde. Der Geschäftsmann Ilko Ilkowytsch zählt eine Kette von Tankstellen und eine Kette von Devisenstuben zu seinem Imperium, Billardcafés, Zuchtbetriebe mit Pelztieren, ein Netz von Bettlern in drei Kreisstädten, einen Autofriedhof und ein Stück von einer Gaspipeline. Auch die Kultur kommt nicht zu kurz: Schönheitswettbewerbe und Nachtclubs werden gesponsert. Seine Initiative »Die Helden des Business den Helden der Kultur« lädt Kulturschaffende aus

Lemberg in die Karpaten ein. In ein Luxushotel, das zur Zeit der Habsburger noch eine Wetterstation und während der Sowjetunion ein Skiinternat war. Ein Professor Doktor, ein Clipproduzent mit zwei Models – eine gebleichte Blondine und eine gefärbte Brünette –, ein Autor, seine Frau, die Übersetzerin und die Tochter im Minirock. Außerdem ein österreichischer Fotograf, der für ein Fotomagazin die kaputte postsowjetische Natur und die verrottenden Industrieanlagen fotografieren soll. Verseuchte Flüsse, tote Halden, von Dornen überwucherte Röhren will der Redakteur haben. Die Eingeladenen steigen in einen Jeep mit kugelsicheren Scheiben, gefahren von einem Offizierstypen, und fliegen dann mit dem Hubschrauber auf den Berggipfel, wo sie über Ostern den Karpatenfrühling genießen sollen. Im Kaminsaal hängen Hirschgeweihe und Wildschweinköpfe an den Wänden, der Boden ist von einem riesigen Bärenfell bedeckt. Flämische Stilleben und Teller aus Kupfer schmücken die Wände des Speisesaals. Ein Trachtenschuh aus Keramik dient als Aschenbecher. Die Ukraine ist ein Mix aus Habsburg, Karpaten-Folklore, Sowjetunion und Kapitalismus.

Ur • Die westliche Grenze von Olga Tokarczuks kleinem polnischen Dorf bilden die feuchten Uferwiesen, ein Stück Wald und das Schloß der Freiherren Popielski. Hier wacht der Erzengel

Michael über Ur. Im Osten fließt die Weiße, die bei der Mühle mit der Schwarze zusammentrifft. Diese Grenze bewacht der Erzengel Uriel. Die nördliche Grenze, die dem Erzengel Rafael untersteht, ist die Straße von Taszów nach Kielce. Im Süden liegt das Städtchen Jeszkotle. Hier paßt der Erzengel Gabriel auf. Die Vergänglichkeit der Zeit, der Rhythmus der Natur, der Kreislauf von Tod und Leben ereignen sich in Ur auf poetische und verzauberte Weise. Über allem wacht die heilige Muttergottes von Jeszkotle. Selbst die zahme Schlange »Goldling«, die in Ähres Hütte wohnt und jeden Tag eine Schüssel Milch bekommt, hat einen Schutzengel. Die Schutzengel der Schlangen sind die Drachen. Der Wassermann, der in einem Waldweiher lebt, ist in Wirklichkeit die Seele eines ertrunkenen Bauern.

URUK • König Gilgamesch beabsichtigt, seine Stadt zu einer Terrasse des Himmels zu machen. Die Stadtmauern sind 11,5 Kilometer lang, Uruk hat 50 000 Einwohner. Die erste Großstadt der Menschheit lag am Euphrat, in der Bibel heißt sie Erech. Gilgamesh hat sie zum Mittelpunkt der Welt gemacht. Eine Stadt aus Lehmziegeln mit Straßen, Plätzen, Palmenhainen, Obstgärten, Tempeln und Palästen. Zu beiden Seiten des Flusses durchziehen Kanäle die Stadt. Am Hafen liegen das Viertel der Händler und die Kornkammern. Auf dem Marktplatz treffen die Karawanen ein. Die jungen Männer tragen farbige Schärpen um die Hüften, die ganze Nacht über schlagen die Trommeln den Takt zum Tanz mit den schönen jungen Mädchen. Die erste Fassung des Gilgamesch-Epos wurde gegen 1750 vor unserer Zeitrechnung von einem unbekannten Dichter in Keilschrift auf Tontafeln verfaßt. Es folgte eine zweite, die ninivetische Fassung, um 1000 vor Christus. Der Legende nach hat König Gilgamesch um 2650 gelebt. Weil er ein Tyrann war, beschlossen die Götter, ihm einen Freund zur Seite zu geben, der einen guten Einfluß auf ihn ausüben würde. Sie schufen Enkidu, der zwei Drittel Mensch und ein Drittel Tier war. Gemeinsam bestehen die beiden Freunde zahlreiche Abenteuer im Zedernwald und kämpfen gegen den Wächter des Waldes Humbaba. Als Gilgamesch den Heiratsantrag der Göttin Ishtar ablehnt, schickt sie aus Rache den Himmelsstier, um die Stadt zu verwüsten. Enkidu und Gilgamesh aber besiegen ihn. Nun beschließen die Götter Enkidus Tod, weil er den Himmelsstier und Humbaba getötet hat. Gilgamesch trauert um seinen Freund und begibt sich auf die Suche nach Ut-napishti, dem einzigen Menschen, der Unsterblichkeit erlangt hat. Von ihm hört Gilgamesch die Geschichte von einer Arche und der Sintflut. Doch unsterblich zu werden gelingt ihm nicht. Vom *Gilgamesch-Epos*, das als das erste Werk der Weltliteratur gilt, schrieben später

Homer, die Bibel und die Autoren von *Tausendundeiner Nacht* ab.

USKOKENBURG • Hoch oben auf den Hügeln über der Stadt Senj erhebt sich die alte Burg Nehajgrad. Einstmals gehörte sie den Uskoken, die als Ritter und Seefahrer an der ganzen Adria berühmt waren und gegen die Venezianer und die Türken kämpften. Jetzt dient die Burg als Unterschlupf für die *Rote Zora und ihre Band*e, Waisenkindern, die sich allein durchs Leben schlagen. Sie haben sich den Namen »Uskoken« verliehen. Der unterirdische Gang, der zu einem der Burgtürme führt, beginnt in einer Höhle im Ginstergebüsch. Auf allen vieren kriechend, gelangt man in die Burg. Die Mitbewohner sind Tauben, Fledermäuse und ein Uhu. Oben vom Turm blickt man auf die Stadt Senj, das Meer mit den Inseln Rab und Krk und die Berge. Oft läßt Autor Kurt Held Zora, Branko, Nicola, Pavle und Duro stehlen, weil das alte Brot, das ihnen der Bäcker Curican hinstellt, nicht ausreicht, um den Hunger zu stillen. Ihre Feinde sind die Gymnasiasten, verwöhnte reiche Jungs, die zum Spaß die Aprikosen des Eseltreibers Stejpan klauen, der sie dem Bauern, für den er sie zum Markt bringt, dann ersetzen soll. Der Ruf der Elster zeigt an, daß die Bande naht, um ihrem Freund zu helfen. Auch der alte Fischer Gorian ist ein Verbündeter. Er kämpft gegen die Fischereigesellschaft, die die Fischer erpressen will, ihre Fanggründe an die Gesellschaft zu verkaufen, und dabei auf die Untersützung des Bürgermeisters zählen kann. Zora und ihre Bande gehen mit auf Thunfischfang. Sie klauen Kirschen und Hühner, fangen Krebse im Bach und werden im Wald von einem Luchs angefallen. Immer sind sie in Prügeleien mit den Gymnasiasten verwikkelt oder müssen vor den Dorfpolizisten über Mauern und durch Kamine fliehen. Wenn die Vorräte ausreichen, verbringen sie ruhige Tage in der alten Burg. Zora näht, Pavle schnitzt, Nicola kümmert sich um die Tauben, Duro liest.

UTOPIA • Die beste aller Gesellschaftsformen findet man auf der Insel Utopia, über die Thomas Morus aus den Berichten des Weltreisenden Raphael Hythlodeus erfährt. 1516 erschien sein Buch über die fiktive Insel, das die Gattung des utopischen Romans begründete. In Utopia herrscht Demokratie, jede Familie entsendet einen Abgeordneten in den Rat des Viertels, die wiederum wählen den Stadtrat, und der schickt Abgeordnete in die Regierung der Insel. Die Einwohner leben abwechselnd zwei Jahre auf dem Land und zwei in der Stadt, damit alle gleich viel schwere Arbeit verrichten müssen. Zusätzlich zur Landwirtschaft erlernen alle ein Handwerk. Alle zehn Jahre tauschen sie ihre Häuser, das Los entscheidet, wer wo wohnt. Gearbeitet wird nur sechs

Stunden am Tag. Den Rest des Tages widmet man sich geistigen Studien, Sport, Spiel, Musik und Geselligkeit. Die Utopier tragen einfache Kleidung und keinen Schmuck. Wer ein Verbrechen begeht, wird zum Sklaven gemacht. Krieg lehnen die Utopier ab. Die Städte sind prächtig und geräumig. Armut gibt es keine, und das Leben ist gerecht.

VENEDIG • Wenn Commissario Guido Brunetti nachts plötzlich zu einem Mordfall gerufen wird, dann holt ihn schon mal das Polizeiboot zu Hause ab. Mit Blaulicht geht es dann durch die Kanäle von Venedig. Was Touristen staunend bewundern, das ist für Brunetti und seine Familie Alltag: Die Rialtobrücke, der Markusplatz, die Lagune. Zur Arbeit kann Brunetti mit dem Vaporetto fahren, vom Palazzo seines Schwiegervaters blickt man auf den Canale Grande. Seine Fälle führen ihn durch Gassen abseits der Touristenströme, in alte Kirchen und auf entlegene Inseln.

VILLA ADRIANA • Bereits bei ihrem ersten Aufenthalt in Tivoli, dem römischen Tibur, beschloß Marguerite Yourcenar, das Buch zu schreiben, das sie 1951, siebenundzwanzig Jahre später, bekannt machen sollte: *Ich zähmte die Wölfin. Die Memoiren des Kaisers Hadrian.* Direkt nach dem Besuch begann sie 1924 mit ihrem Vorhaben, kam aber nicht voran. Erst 1949 entstand der Text, sie schrieb, bis auf einen einzigen Satz, alles noch einmal neu. Auslöser für die Wiederaufnahme war ein Schiffskoffer, den sie 1937 in einem Hotel in Lausanne zurückgelassen hatte, der nun nach zwölf Jahren an ihrem Wohnsitz in den USA ankam. Sie fand Teile des ursprünglichen Manuskripts und schrieb es nun in einem Rutsch zu Ende.

Die meiste Zeit seiner Regierung verbringt Kaiser Hadrian auf Reisen. Von dort, wo er sich gerade aufhält, von Antiochia, Adrianopel, Antinoë oder Großbritannien, wird das römische Reich regiert. Die Villa Adriana in den Sabiner Bergen ist sein Alterssitz, wo er die auf seinen Reisen gesammelten Schätze zusammenträgt und seine Memoiren als Brief an seinen Nachfolger Marc Aurel schreibt. Zusätzlich zu den Audienzsälen, der Kanzlei und dem Gerichtsgebäude läßt er eine Sternwarte, eine Bibliothek, ein griechisches Theater und Festsäle errichten. In der mit griechischen Hermaphroditen und ägyptischen Gotterbildern ausgestatteten Villa hängt er seinen Erinnerungen nach. Das Motto für Marguerite Yourcenars Charakterisierung des Kaisers war ein Satz, den sie in einem Brief Flauberts las: »Als es die Götter nicht mehr gab und Christus noch nicht, war zwischen Cicero und Marc Aurel ein einmaliger Augenblick entstanden, in dem der Mensch für sich existierte.« Diesem allein gelassenen Menschen verleiht Marguerite Yourcenar eine Stimme.

Villa Diodati • Lord Byron verließ London 1816 infolge eines Skandals. Seine Frau Annabella hatte sich von ihm getrennt, weil er eine Beziehung mit seiner Halbschwester Augusta hatte. Byron war ein gefeierter Autor, ein Dandy und ein Verführer. Die Gesellschaft war seine Skandale gewöhnt, aber eine inzestuöse Beziehung tolerierte man nicht. Er mietete für diesen Sommer die Villa Diodati in Cologny vor den Toren von Genf. Hier traf er auf Claire Clairmont, mit der er in London schon eine Affäre gehabt hatte. Sie reiste gemeinsam mit ihrer Stiefschwester Mary Godwin und deren Lebensgefährten, dem Dichter Percy Bysshe Shelley, die ebenfalls aus London geflohen waren. Denn Shelley war schon verheiratet, und Marys Vater, der Schriftsteller William Godwin, gegen die Beziehung. Die Shelleys mieteten ein kleineres Haus unten am See mit eigenem Hafen. Nur zehn Minuten durch die Weinberge am Hang hinauf waren es zur Villa Diodati. Byrons Haus überblickte den Genfer See, den Jura und die Stadt Genf. Das geräumige Landhaus lag in einem Park mit Kastanienalleen. Man unternahm gemeinsame Segeltouren und verbrachte die Abende vor dem Kamin, denn es war ein kalter, verregneter und stürmischer Sommer. Man las sich gegenseitig die zu jener Zeit beliebten Schauergeschichten vor, und Byron machte den Vorschlag, jeder solle selbst eine Gespenstergeschichte schreiben. Bei Byron und Shelley versackte die Idee, doch Mary begann mit *Frankenstein*, während Byron und Shelley eine große Segeltour um den Genfer See machten, die Byron zu seinem Gedicht *Der Gefangene von Chillon* inspirierte. Wie Byron und Shelley geht auch Victor Frankenstein auf dem Genfer See segeln.

VILLA KUNTERBUNT • Pippi Langstrumpf ist erst 9 Jahre alt, wohnt aber schon alleine in einem alten Haus am Stadtrand, das von einem verwahrlosten Garten umgeben ist. Gesellschaft leisten ihr der kleine Affe Herr Nilson und ein Pferd, das auf der Veranda untergebracht ist. Pippi ist so stark, daß sie das Pferd von der Veranda heben kann, wenn es dort stört oder sie reiten will. Mit den braven Nachbarskindern Thomas und Annika klettert sie auf die alte Eiche im Garten, um dort Kaffee zu trinken. Kaffee dürfen brave Kinder sonst nicht trinken. Als die Pippi-Langstrumpf-Bücher erschienen, galten sie als revolutionäre Kinderliteratur, denn Pippi macht, was sie will. Kein Erwachsener ist da, um ihr zu sagen, was sie tun soll. Ihr Vater, der Kapitän, ist auf See und schickt nur von Zeit zu Zeit einen Koffer mit Goldstücken. Das Haus, in dem

Astrid Lindgrens bekannteste Heldin lebt, kann man in Schweden gleich an mehreren Orten besichtigen: Im Freizeitpark Kneippbyn auf Gotland, im Vergnügungspark Astrid Lindgren Värld in Vimmerby und im Lindgren-Museum Junibacken in Stockholm.

VILLA SHATTERHAND • Karl May lebte in einem ruhigen Viertel in Radebeul in der Nähe von Dresden. Er dekorierte sein Haus mit Bärenfellen, einem ausgestopften Löwen, Wasserpfeifen und orientalischen Möbeln, die er angeblich von seinen abenteuerlichen Reisen mitgebracht hatte. Winnetous Silberbüchse ist hier zu sehen, ebenso wie der Henrystutzen und der Bärentöter, mit denen Old Shatterhand schoß. Karl May gaukelte seinen Lesern vor, daß er die in Ichform erzählten Abenteuer in Nordamerika, Südamerika und dem Orient tatsächlich erlebt habe. Generationen von Deutschen bezogen fast ihr ganzes Wissen über Indianer und Araber von Karl May. Indianer und Araber, das waren Winnetou und Hadschi Halef Omar. Sie waren edle Menschen, heimliche Christen. In Wirklichkeit hatte Karl May die Gegenden, in denen seine Bücher spielten, nie besucht, sondern im Gefängnis gesessen. Erst viel später, als die meisten seiner Werke bereits erschienen waren, reiste er auf die arabische Halbinsel und nach Nordamerika.

Villeperce • Nachdem er Dickie Greenleaf mit einem Paddel erschlagen und sich selbst als Erben des reichen jungen Amerikaners eingesetzt hat, zieht Tom Ripley ins beschauliche Dorf Villeperce, unweit von Fontainebleau. Patricia Highsmiths Mörder ohne Gewissen lebt hier mit seiner Ehefrau Heloise in der schönen Villa »Belle Ombre«. Tom ist ein netter Kerl, der nur leider ab und zu einen Mord begehen muß, wenn seine kriminellen Aktivitäten – allen voran die Hehlerei und die Kunstfälschungen – nicht wie geplant laufen und sein angenehmer Lebensstil in Gefahr gerät. Aus dem Pinienwald hinter dem Haus ruft das Käuzchen, während Tom die Frühjahrsarbeit im Garten erledigt. Er nimmt Cembalounterricht und gibt die durch einen seiner Morde entstandenen Blutflecken im Keller als Weinflecken aus – was nicht ganz falsch ist, sagt er sich, denn das Mordopfer hat eine Weinflasche an den Kopf bekommen. Die Hauptstraße des kleinen Ortes hat noch nicht einmal einen Bürgersteig. Die Rosen in den Vorgärten blühen, wenn Tom zur Bar-Tabac von Georges und Marie geht, um einen Kaffee zu trinken. Ab und zu ist eben ein kleiner Mord fällig, um das angenehme Leben weiterführen zu können. Zum Glück für Tom weigern sich Heloise und Madame Anette, die Haushälterin, zur Kenntnis zu nehmen, was er so alles treibt.

Wadi al-Ujun • Das Tal der Wasserquellen ist eine Oase mitten in der arabischen Wüste. Den Karawanen, die durch die unwirtliche, staubige Wüste ziehen, ist es Rettung vor dem Tod. Hier sprudelt klares Wasser, Dattelpalmen spenden Schatten. In regenreichen Jahren, wenn viel Gemüse angebaut werden kann, sind die Bewohner der Oase großzügig und gastfreundlich zu den Reisenden. In trockenen Zeiten sind sie verschlossen und tauschen ihre Datteln und das Wasser nur gegen Waren ein. Die Menschen sind ein wenig träge und träumen von der Ferne. In den Sommernächten sitzt man zusammen um eine Kaffeekanne und erzählt Geschichten. Die Moderne zieht im Wadi ein, als dort Ausländer ankommen und nach Öl bohren. Die Bewohner werden vertrieben und müssen sich fortan bei den amerikanischen Firmen als Ölarbeiter an der Küste verdingen. In ihren Träumen aber bleibt das Wadi als kühler, schattiger Ort bestehen. Für sein mehrbändiges Werk, von dem *Salzstädte* der erste Teil ist, wurde dem Autor Abdelrahman Munif die saudi-arabische Staatsbürgerschaft entzogen. Allzu kritisch schien sein Werk der Regierung.

Walden • »Ich sehe genug Leute, meine Mitbürger, deren Unglück es ist, Güter, Häuser, Scheunen, Vieh und Ackergeräte geerbt zu haben, denn solche Dinge sind leichter zu haben als wieder loszuwerden.« Nach Meinung von Henry

David Thoreau verplemperten allzu viele Menschen ihr Leben damit, immer mehr Geld anzuhäufen, obwohl sie schon genug hätten. Statt aber etwas Sinnvolles damit anzufangen, wollten sie nur immer mehr. Um diesem Schicksal zu entgehen, fing er im März 1845 an, Holz zu fällen und sich im Wald direkt am Waldensee in Massachussetts eine Blockhütte zu bauen. Er stieg aus der Zivilisation aus. Um seine Hütte wuchsen Brombeeren, Heidelbeeren und Erdbeeren. Dazu pflanzte er in seinem Garten Bohnen, Kartoffeln, Korn, Erbsen und Rüben. Sein Brot backte er selbst. Im Sommer nahm er morgens als erstes ein Bad im See. Oft saß er dann bis mittags auf seiner Türschwelle, ließ sich von der Sonne bescheinen und lauschte den Vögeln. Habichte kreisten über der Lichtung, Sumpfotter und Murmeltiere plantschten im Wasser. Nachts fuhr er in seinem Boot auf den See fischen. Wichtig war ihm, wie die großen Philosophen und Weisen lieber bescheiden zu leben als sich durch Arbeit versklaven zu lassen. Zwei Jahre und zwei Monate führte Thoreau dieses glückliche Leben, um dann ein Buch über seine Erfahrungen mit vielen nützlichen Tips für andere zu schreiben.

WARTBURG • Der Hof von Landgraf Hermann I. war um 1200 der Mittelpunkt des deutschen Literaturbetriebs. Wolfram von Eschenbach verfaßte hier Teile des Parzifals. Walther von der Vogelweide schrieb Verse über den thüringischen Hof. Mitte des 13. Jahrhunderts wurden die Minnedichter und der Fürst selbst zu Literatur. Im »Wartburgstreit«, einer Sammlung von Gedichten, wird von einem Sängerkrieg auf der Wartburg berichtet. Sechs Sänger streiten vor dem Landgrafen und der Landgräfin von Thüringen, wer den Fürsten am besten loben könne. Heinrich von Ofterdingen verliert, weil er kein schmeichlerisches Lied singt, bekommt aber die Erlaubnis, Klingsor aus Siebenbürgen zu holen, der als Schiedsrichter dienen soll. 1521 fand Martin Luther Schutz auf der Wartburg. 1777 kam Goethe. Die Romantiker griffen die Geschichte vom Sängerkrieg wieder auf. Novalis schrieb *Heinrich von Ofterdingen*, E.T.A. Hoffmann erzählte den *Kampf der Sänger*. Und dann vertonte Richard Wagner die Geschichte und baute den Stoff in seine Oper *Tannhäuser* ein.

WASLALA • Irgendwo im Landesinneren des fiktiven lateinamerikanischen Landes Fagua soll ein utopischer Ort liegen. Jenseits der Vulkankette, inmitten ausgedehnter Regenwälder, zwischen zwei Tälern. Nur diejenigen, die nicht an Waslala zweifeln und an eine bessere Welt glauben, gelangen hin. Dichter, die ein neues revolutionäres Gesellschaftsmodell, das Macht und Herrschaft ablehnt, verfolgten, haben Waslala aufgebaut. In der Mitte des 21. Jahrhunderts ist ganz Lateinamerika in Kriege, Drogen- und Waffenschmuggel verwickelt. Es dient dem reichen Norden nur noch als Mülldeponie, als Einkaufsgebiet für Waisenkinder und zur Sauerstoffproduktion. Doch die Menschen in Waslala führen angeblich ein glückliches Leben. Melisandra, deren Eltern schon nach Waslala gingen, entdeckt den versteckten Ort. Durch den Korridor der Winde, einen dichtbewachsenen Tunnel, an dessen Ende ein riesiger Kapokbaum steht, gelangt sie in ein liebliches Tal. Windmühlen stehen an einem Bach. Die Häuser sind auf Stelzen gebaut, manchmal wachsen Bäume durch sie hindurch. Einige Wohnungen verteilen sich auf mehrere Bäume. Das Glück in Waslala ist jedoch nicht so ungetrübt, wie die Legende es besagt, und ihre Mutter ist als letzte Bewohnerin dortgeblieben. Sie will das Ideal um des Ideals wegen bewahren. Denn die Menschen brauchen einen Anhaltspunkt, ein Ziel und eine Herausforderung, um sich nach einer besseren Welt zu sehnen. Gioconda Belli kämpfte in den siebziger und achtziger Jahren auf seiten der Sandinisten für den Sturz des Diktators Somoza in ihrer Heimat Nicaragua. In ihrer Autobiographie schreibt sie, daß sie von einem Ort träume, der nur im Herzen existiere. Ein Land, aus dem alle Dichter und Denker stammten und in das sie zurückkehren wollten. Dort herrschten Gleichgewicht und Harmonie. Obwohl die nicaraguanische Revolution in vielen Punkten nicht so verlief, wie sie es sich vorgestellt hatte, sagt sie noch heute, daß der Traum, die Welt zu verändern, für sie nichts Romantisches oder Quijotehaftes an sich habe. Denn es sei ja möglich, die Welt zu verändern. Die Wirklichkeit möge nicht ganz mit dem Ideal übereinstimmen, aber sie könne ein erster Schritt in die gewünschte Richtung sein.

WÂW • Eine alte Prophezeiung besagt, daß, wer mehr als vierzig Tage auf demselben Stück Erde weilt, sich zum Sklaven dieses Stücks Erde macht. Nur der Wanderer, der Nomade, kann Wâw finden, das verlorene Paradies, aus dem die Ahnen einstmals in die Wüste kamen. Immer wieder bricht der Stamm zum Horizont auf, um zu sehen, was dahinterliegt, und weil sich die Menschen nach dem Ginsterblütenduft der verlorenen Oase sehnen. Doch dann läßt sich der Stamm am Ort nieder, wo das Grab des Stammesführers liegt, und baut eine Stadt, die bald »Das kleine Wâw« genannt wird. Ein goldenes Zeitalter bricht an, denn die Karawanen ändern ihre Routen, und die Stadt wird zu einem großen Markt. Hier gibt es frisches Wasser, schattige Palmen, farbige Blumengärten, Feigen- und Granatapfelbäume. Zwischen den Wohnhäusern entstehen Gassen und Wege, die auf Plätze und Höfe führen. Bald lassen sich Handwerker und Schmiede, Bauern und Kamelhirten nieder. Die weißgekalkten Häuser leuchten in der Morgensonne. Im Zentrum der Stadt sammeln sich die Karawanen. Die aus dem Süden sind beladen mit Datteln und Palmprodukten wie Palmfaserstrikken oder Säcken aus Palmbast. Die aus den Ländern des Dschungels bringen Goldstaub, Straußenfedern, Elefantenzähne und Häute wilder Tiere. Auch vom Norden kommen Karawanen und führen Getreide und Öl, Stoffe und Metallwaren mit sich. Ibrahim Al-Koni, der Autor von *Die verheißene Stadt*, stammt selbst aus der Nähe von Gadamés, der legendären Oasenstadt in der Sahara.

WEIMAR • Herzogin Anna Amalia liebte die Literatur. Deshalb holte sie den Dichter Wieland an ihren Hof als Erzieher für ihren Sohn Carl August. Auf ihn folgten Goethe, Schiller und Herder. So wurde die kleine Residenzstadt in Thüringen für ein halbes Jahrhundert zum Mittelpunkt der deutschen Literatur. Jeder bekam einen Posten am Hof. Herder wurde Hofprediger, Goethe leitete das Straßenbauwesen, die Kriegskommission, die herzögliche Vermögensverwaltung und den Bergbau. Im klassischen Weimar waren die Wege nicht weit. Frau von Stein wohnte gleich um die Ecke von Goethe. Der wiederum mußte nur bei paar Minuten laufen, um Schiller zu besuchen, und Herzogin Anna Amalia und ihr Sohn Herzog Carl August wohnten auch gleich nebenan im Schloß. Später dann verließ Carl August seine Frau Louise, die weiterhin im Schloß lebte, und wohnte mit seiner Geliebten, der Schauspielerin Caroline Jagemann, im Römischen Haus im Ilm-Park. Man sah sich oft, inszenierte Theaterstücke, in denen alle gemeinsam auftraten, und gab das *Journal von Tiefurt* heraus, eine Zeitschrift, die eine Auflage von 11 Exemplaren hatte, dafür hochkarätige Mitarbeiter. Herausgeberin war die Herzoginmutter Anna Amalia, Goethe und Herder schrieben für die Zeitschrift. Am Montag traf man sich im Haus von Anna Amalia zu geselligen Abenden. Auch im Tod mußte man sich nicht trennen: Zusammen mit der Herzogsfamilie liegen Goethe und Schiller in der Weimarer Fürstengruft begraben.

WIEPERSDORF • Im Frühjahr 1814 zogen Bettina und Achim von Arnim nach Wiepersdorf, das zu den von Arnimschen Gütern gehörte. Achim von Arnim begann sich selbst um das Gut zu kümmern, kaufte und verkaufte Vieh, setzte sich mit den Pächtern auseinander und plante die Landwirtschaft. Bettina wurde Hausfrau. Sie kochte, webte, kümmerte sich um die Kinder und stritt mit den Dienstboten. Das etwa hundert Kilometer von Berlin entfernte Gut im Niederen Fläming zog immer wieder berühmte Gäste an: Bettinas Bruder Clemens Brentano, die Gebrüder

Grimm, Alexander von Humboldt und den Fürst von Pückler-Muskau. Nach dem zweiten Weltkrieg wurde im Schloß eine »Stätte zu ungestörter und sorgenfreier Arbeit« für Dichter und Schriftsteller eingerichtet, auf Vorschlag der von Arnim-Nachfahrin Bettina Encke von Arnim. Anna Seghers, Arnold Zweig und Sarah Kirsch gehören zu denen, die hier ungestört arbeiteten. Inzwischen hat die Deutsche Stiftung Denkmalschutz die Trägerschaft für das Künstlerhaus Schloß Wiepersdorf übernommen, um hier den Gedanken der romantischen Geselligkeit aufzugreifen.

WILDNIS • Buck führt ein angenehmes Leben auf einer Farm in Kalifornien. Seine Eltern sind ein Bernhardiner und eine Schäferhündin. Doch dann entführt der Gärtnergehilfe Buck und verkauft ihn nach Alaska. Am Klondike ist gerade der Goldrausch ausgebrochen, und Schlittenhunde werden dringend gesucht. Aus dem Herzen der Zivilisation gelangt Buck in die Wildnis. Das üppige Leben in der Sonne ist vorbei. Hier beträgt die Temperatur 50 Grad unter Null, die Flüsse sind zugefroren, es gibt keine Straßen und wenig zu fressen. Doch Buck arbeitet sich schnell zum Leithund seines Gespanns hoch. Während er Schlitten vom Pazifik nach Dawson City am Klondike zieht, kehren die Instinkte seiner Urahnen zurück. Der ehemalige Haus- und Hofhund wird zum Raubtier. Er besiegt andere Hunde im

Kampf, jagt Wild und fischt Lachse aus dem Fluß. Bald hört er eine Stimme aus dem Wald, den *Ruf der Wildnis*. Er freundet sich mit Wölfen an, und als sein Herr bei einem Indianerüberfall stirbt, schließt er sich dem Rudel an. Jack London war ein Abenteurer und Draufgänger, der selbst am Klondike nach Gold suchte. Er stieg aus ärmlichen Verhältnissen zum Erfolgsautor auf. Der Kampf ums Überleben und der Erfolg des Tüchtigsten waren seine großen Themen.

WINKEL AM RHEIN • Im Juni 1804 trifft sich in den idyllischen Rheinauen eine illustre Gesellschaft: Clemens Brentano und seine Frau Sophie Mereau, Friedrich Carl von Savigny, später Preußischer Justizminister, und seine Frau Gunda Brentano, Bettina Brentano, die Schwestern Paula und Charlotte Servière, der Arzt und Jakobiner Georg von Wedekind sowie der Naturwissenschaftler Christian Gottfried Nees van Esenbeck in Begleitung seiner Frau Lisette. Man kennt und schätzt sich, verbringt den Sommertag im launigen Gespräch. In dieser Salonrunde trifft Karoline von Günderrode, Stiftsdame in Frankfurt und Freundin Bettina Brentanos, auf Heinrich von Kleist. Dieser ist im selben Jahr in den Preußischen Staatsdienst eingetreten, Günderrode hat unter dem Pseudonym »Tian« erste Gedichte und Prosa veröffentlicht. Im Laufe des Nachmittags nähern sich beide im Gespräch an, erkennen ihre Sonderstellung im anderen und die Seelenverwandtschaft derer, die sich nicht in die engen gesellschaftlichen Grenzen einfinden können. Beide verbindet eine unglückliche Liebe, und sie gehören zu jenen Dichtern einer Generation, die »ihre Stirn an der gesellschaftlichen Mauer wundrieben«, wie Anna Seghers über Karoline von Günderrode schreibt. Im wahren Leben sind sich beide nie begegnet. Christa Wolf hat sie an diesem Junitag zusammengebracht. *Kein Ort. Nirgends* nannte sie ihren Roman und verlegte ihre Begegnung und Gespräche über Denken und Handeln, Individuum und Gesellschaft, Liebe und Selbstverwirklichung nach Winkel am Rhein. Dort hat sich Karoline von Günderrode 1806 im Alter von 26 Jahren das Leben genommen, Heinrich von Kleist fünf Jahre später am Wannsee.

Kein Ort. Nirgends kann auch als Umschreibung für Utopie, aus dem Griechischen *oytop›a, outopía,* aus *oy-, ou-,* »nicht-« und *»tfipo«, tópos,* »Ort« gelesen werden. Als eine Wunschvorstellung, die sich dadurch auszeichnet, daß sie zwar denkbar und in vielen Fällen wünschenswert, vor dem jeweiligen historisch-kulturellen Hintergrund jedoch in vielen Fällen (noch) nicht oder nicht mehr realisierbar ist. Sie ist die Beschreibung einer Welt, eines Ortes, an dem derartige Vorstellungen verwirklicht sind. Im Roman von Christa Wolf sind Günderrode und Kleist dieser

Welt in der Salongesellschaft in Winkel am Rhein für einen Nachmittag nähergekommen.

WINKELGASSE • Mitten in London, aber für normale Menschen nicht erreichbar, liegt die Winkelgasse. Nur Zauberer und Hexen können diese verborgene Gasse durch eine Wand im Pub »Zum tropfenden Kessel« erreichen, nachdem sie dreimal auf die Mauer geklopft haben. In dieser gepflasterten Gasse ist alles erhältlich, was Zauberer brauchen. Läden mit Kesseln, Besen, Umhängen, Federkielen und Pergamenten, die Apotheke, in der es Zutaten für Zaubertränke gibt, und die von Kobolden geleitete Zaubererbank Gringott's befinden sich hier. Harry Potter kauft seine Schuluniform bei Madam Malkins – Anzüge für alle Gelegenheiten, seine Schulbücher bei Flourish & Blotts und seinen Zauberstab bei Ollivander – gute Zauberstäbe seit 382 v. Chr. Die Eule Hedwig stammt aus dem Eulenkaufhaus Eeylops.

WORMS • Siegfried, der Drachentöter und Königssohn aus Xanten, hört von der schönen Königstochter Kriemhild, die bisher alle Bewerber abgewiesen hat. Er reitet in die Hauptstadt des mächtigen Burgundenreiches, nach Worms am Rhein. Das Nibelungenlied ist ein Epos von Liebe und Treue, Verrat, Mord, Raub und Untergang. In Worms verlieben sich Siegfried und die schöne Kriemhild. Um Kriemhild heiraten zu können, unterstützt Siegfried deren Bruder Gunther bei seiner Werbung um die isländische Königin Brünhild. Nur derjenige, der sich gegen Brünhild im Wettkampf durchsetzt, bekommt sie zur Frau. Bewerber, die unterliegen, müssen sterben. Die Königin hat mystische Kräfte, und nur Siegfried kann gegen sie siegen, denn auch Brünhild und Siegfried waren einmal ein Liebespaar, und nur ihn will Brünhild heiraten. Siegfried trägt seine Tarnkappe, die ihn unsichtbar macht, und führt die Kämpfe für Gunther durch. Als Folge muß Brünhild den Burgundenkönig Gunther heiraten, und Siegfried vermählt sich mit seiner geliebten Kriemhild im Wormser Dom. Doch Brünhild fühlt sich hereingelegt und sinnt auf Rache.

WUNDERLAND • Auf einem Bootsausflug in der Umgebung von Oxford entstand 1862 die erste Alice-Geschichte. In dem Boot saßen der Mathematikdozent Lewis Carroll und Lorina, Edith und Alice Liddell, die drei Töchter des Dekans des Christ Church College. Erst viele Jahre nach diesem Bootsausflug, als Alice Liddell schon erwachsen war, wurde *Alice im Wunderland* veröffentlicht – das erfolgreichste englische Kinderbuch vor *Harry Potter*.

Die siebenjährige Alice langweilt sich im Garten, als sie plötzlich ein weißes Kaninchen sieht, das eine Weste trägt, auf seine Uhr guckt und vor sich hin murmelt. Das erscheint ihr so merkwürdig, daß sie dem Kaninchen in seinen Bau folgt und dabei einen langen Schacht hinunterfällt. Hier beginnt das Wunderland, das voll ist mit sprechenden Tieren und Pflanzen, lebendigen Spielkarten und Fabelwesen. Alice besucht zusammen mit dem Märzhasen und dem Siebenschläfer die Teeparty des verrückten Hutmachers, wo sie Rätsel lösen soll, für die es keine Lösung gibt. Sie bekommt die Hummer-Quadrille vorgeführt und spielt Krocket mit der Herzkönigin. Die Krocketbälle sind lebende Igel, die Schläger echte Flamingos, und die Tore werden von Soldaten dargestellt, die sich dafür verbiegen müssen. Nichts funktioniert so, wie Alice es gewohnt ist, das Wunderland hat seine eigene Logik. Alice wird mal kleiner und mal größer und muß immer wieder erklären, wer sie eigentlich ist. Da sie furchtlos und anpassungsfähig ist, erlebt sie interessante Abenteuer, die viel weniger langweilig sind, als im eigenen Garten zu sitzen. Im Fortsetzungsband *Alice hinter den Spiegeln* trifft sie auf berühmtgewordene Geschöpfe wie Humpty Dumpty und Dideldum und Dideldei. Noch heute gibt es Alice-Fanclubs, die sich zu Teegesellschaften wie beim Hutmacher treffen.

Xanadu • Über die Entstehungsgeschichte seines Gedichtfragments *Kubla Khan* berichtete Samuel Taylor Coleridge, daß er bei der Lektüre eines Buches von Samuel Purchas genau an der Stelle eingeschlafen sei, wo von dem Mongolenherrscher Kublai Khan und seinem Lustschloß die Rede war. Im Opiumrausch träumt er von diesem Palast, der in Xanadu stand, der Sommerresidenz des Kublai Khan. Ein prächtiges Schloß mit einem großen Garten innerhalb einer Mauer. Aber bei Coleridge ist Xanadu auch ein wilder, romantischer Ort, der von unheimlichen heidnischen Kräften bedroht wird. Eine Art gefährliches Paradies. Der Mongolenherrscher Kublai Khan war ein Enkel Dschingis Khans und lebte im 13. Jahrhundert. Seine Sommerresidenz war in Schangdu, das schon Marco Polo in seinem Reisebericht als Giandu erwähnte.

Yalta • Elias Canetti zog in seinem Leben oft um. Neue Orte fand er in der Regel wunderbar. Aber als er mit sechzehn die Pension Yalta verlassen mußte, verspürte er Bitterkeit. Die Villa im Zürcher Stadtteil Tiefenbrunnen war nur durch die Straße und die Eisenbahnlinie vom See getrennt. Ein wenig erhöht lag sie in einem baumreichen Garten. Einige Steinstufen führten hinauf zu einem alten Tennisplatz, dahinter befand sich der Obstgarten. In dem ehemaligen Mädchenpensionat wohnten junge Damen aus Brasilien, Holland, Italien, Frankreich, England und der Schweiz. Elias Canetti war mit vierzehn der jüngste und der einzige Mann. Die Pensionärinnen wurden von den vier Fräulein Herder behütet. Fräulein Mina Herder malte Blumen, Fräulein Rosy besuchte Vorträge zu literarischen Themen, Frau Sigust gärtnerte und Fräulein Lotti nähte. In der Halle saßen die Pensionsdamen um einen großen Tisch, um Hausaufgaben zu erledigen und Briefe zu schreiben. Man feierte gemeinsam Weihnachten, und vom Obstgarten sah man die beleuchteten Schiffe auf dem Zürichsee. Elias Canetti schrieb hier sein erstes Werk, ein Drama, er vergrub sich in Geschichts- und Geographiebücher und las die großen Schriftsteller. Als seine Mutter ihn nach zwei Jahren in der Pension besuchte, war sie entsetzt über das Idyll mit den netten jungen Mädchen und den rührseligen alten Jungfern. Sie hielt es für schädlich, wenn ein junger Mann zufrieden wie ein pensionierter Beamter im Garten herumsaß. Sie beschloß, daß die ganze Familie nach Deutschland umziehen sollte. Elias sollte in eine härtere Schule gehen. Er sollte das Leben in einem Land kennenlernen, wo es den Leuten schlecht erging, weil sie gerade einen Krieg verloren hatten. Die Zeit in dem Paradies am Zürichsee, die glücklichsten Jahre im Leben des späteren Literaturnobelpreisträger ging zu Ende.

Yorkshire • Am Rande des Moores in dem kleinen Dorf Haworth in Yorkshire wuchsen Charlotte, Emily, Anne und Patrick Brontë auf. Der Vater war Pfarrer, die Mutter starb früh. Die Brontës wanderten übers Moor und durch die Täler und Schluchten. Sie schrieben Geschichten, die sie sich gegenseitig vorlasen. Emily und Charlotte zählen zu den bedeutendsten englischen Schriftstellern, auch Anne schrieb zwei Romane, die zu Klassikern wurden. Patrick verfiel dem Alkohol, und alle starben jung. Anne mit 29, Emily mit 30, Patrick mit 31, und auch Charlotte, die als einzige heiratete, starb mit nur 39 Jahren. Das abgelegene Dorf in Yorkshire in der Nähe von Leeds ist heute eine der ersten Anlaufstellen für den englischen Literaturtourismus.

Ystad • Der Himmel über Ystad ist grau, die Temperatur liegt knapp über dem Gefrierpunkt, und es weht ein böiger Wind. Die durch Henning Mankell zu Weltruhm gekommene südschwedische Stadt ist die Hochburg der Melancholie. Hauptkommissar Kurt Wallander ist geschieden, um die Fünfzig und zuckerkrank. Morgens wacht er mit Kopfweh auf, ärgert sich dann im Büro über die Kollegen und die Chefin und sehnt sich nach seiner Tochter, die weit weg in Stockholm lebt. Bei einsamen Strandspaziergängen überkommt ihn eine solche Düsternis, daß er lieber wieder umkehrt. Er ahnt, daß er die wichtigsten Dinge im Leben schon hinter sich hat. Jetzt sitzt er fest und denkt darüber nach, ob er kündigen soll, um noch einmal woanders neu anzufangen. Auch den übrigen Einwohnern von Ystad geht es nicht besser. Sie sterben an Krebs oder haben Alkoholprobleme. Der Verfall findet auch im öffentlichen Leben statt. Die Kommunue hat nicht mal mehr das Geld, um die Blätter im Herbst wegzufegen. Hier kann man grenzenlos unglücklich sein unter Gleichgesinnten.

ZAUBERBERG • 1912 erkrankte Katia Mann an der Lunge und mußte ein halbes Jahr in einem Davoser Sanatorium verbringen. Bei einem Besuch in den Schweizer Bergen holte sich ihr Ehemann eine Erkältung. Der Arzt stellte bei einer Untersuchung einen kranken Punkt auf seiner Lunge fest und riet ihm, besser ein halbes Jahr in der guten Luft zu verbringen. Doch im Gegensatz zu seinem Helden Hans Castorp reiste der Schriftsteller einfach wieder ins Flachland ab, in die Welt der Gesunden. Er schrieb statt dessen den *Zauberberg*. Auch Hans Castorp will nur drei Wochen bleiben, um seinem kranken Vetter Joachim Gesellschaft zu leisten. Doch schnell hat er sich im Sanatorium eingelebt. Obwohl er nicht krank ist, macht er das ganze Programm mit. Besonders die Liegekur hat es ihm angetan. In Dekken gehüllt, sitzt man im Liegestuhl auf dem Balkon und atmet die frische Höhenluft. In der Hierarchie des Sanatoriums steht der am höchsten, der am kränksten ist. Als sich Hans Castorp von Tag zu Tag kränker fühlt, erhält er von allen Seiten Beifall. Bald stellt man bei einer Untersuchung fest, daß auch er eigentlich ein Lungenkranker ist. Jetzt darf er, wie alle anderen, mehrmals am Tag Fieber messen und seine Temperatur in eine Kurve eintragen. Mit Joachim flaniert er im Ort, hört Englisch und Russisch, beobachtet Damen in weißen Röcken und Herren in Sportanzügen. Er lauscht der Kurkapelle und hat bald einen großen Freundeskreis unter den Kranken. Das Leben in der brutalen Welt des Flachlands hat ihm sowieso nicht zugesagt. Er verliebt sich in Madame Chauchat, und als sie abreist, wartet er jahrelang auf ihre Rückkehr. Immer wieder ereignen sich Todesfälle, und auch Joachim stirbt. Hans Castorp bleibt sieben Jahre statt der geplanten drei Wochen. Selbst als ihm der Arzt attestiert, er sei gesund, kann er sich nicht zur Abreise entschließen. Erst der Ausbruch des Krieges erlöst ihn aus seiner Verzauberung.

Zephyr Holdings • Das Gebäude von Zephyr Holdings liegt zwischen anderen Hochhäusern auf der Madison Avenue in Seattle. Ganz oben prangen das Wort Zephyr und das Unternehmenslogo, ein Vieleck in Orange und Schwarz. Auch auf den automatischen Glastüren zur Eingangshalle befindet sich das Logo. Innen gerät man in eine Brunnenlandschaft mit dunklen Steinen und gepflegten Farnen, die Wände sind mit dem Logo zugekleistert, der Empfang ist ein einziges Logo. Als Stephen Jones, der in Max Barrys *Chefsache* gerade neu in der Abteilung Schulungsverkauf eingestiegen ist, die Liste seiner Kunden zum ersten Mal sieht, ist er verblüfft, daß er Schulungen nur an andere interne Abteilungen im Haus verkaufen soll. Er hatte gedacht, daß Zephyr Holdings ein Schulungskonzern sei. Niemand kann ihm die Frage beantworten, was der Konzern eigentlich macht. Regelmäßig gibt es große Entlassungswellen und Umstrukturierungen. Die meisten Abteilungen hat man inzwischen »outgesourct«. Damit der Börsenkurs nicht absinkt, müssen weitere Einsparungen vorgenommen werden. Dabei legt das Unternehmen viel Wert auf Teamgeist und Eigenverantwortung. Keiner der Mitarbeiter ist jemals bis in die Vorstandsetage vorgedrungen, den CEO hat noch nie jemand gesehen. Die traumatisierten Mitarbeiter halten sich apathisch an die scheinbar sinnlosen Regeln, bekriegen sich mit anderen Abteilungen und werden von Vorgesetzten tyrannisiert. Als Stephen Jones herausfindet, daß das Unternehmen in Wirklichkeit eine Testfirma für neue Managementmethoden ist und die Mitarbeiter einfach Versuchskaninchen sind, kommt es zur Revolution der gequälten Mitarbeiter. Der Australier Max Barry konnte selbst einige Jahre lang Erfahrungen in einem amerikanischen Computerkonzern sammeln.

ZIMBABWE • »Ich war nicht traurig, als mein Bruder starb«, so beginnt Tsitsi Dangarembga ihren Roman *Der Preis der Freiheit*, in dem ein afrikanisches Bauernmädchen für seine Ausbildung kämpft. Die Schule kostet Geld im Rhodesien der sechziger Jahre, Geld, das die Familie von Tambu nur für ein Kind aufbringen kann: den Sohn. Tambu versucht, ihr Schulgeld selbst zu verdienen, indem sie Mais anbaut, wird aber vom Bruder daran gehindert. Auch der Vater hat kein Verständnis: »Kannst du Bücher kochen und sie deinem Ehemann vorsetzen?« fragt er. Das mit dem Commonwealth Prize ausgezeichnete Buch ist nicht nur eine Kritik an den Beziehungen zwischen Männern und Frauen, sondern auch an der kolonialen Schulpolitik und dem Verhalten der gebildeten Schwarzen, die die Weißen nachäffen. Doch Tambu setzt sich durch, sie verläßt das von Maisfeldern umgebene Dorf und geht in die von ihrem Onkel geleitete Missionsschule. Tsitsi Dangarembga wollte bewußt einen afrikanischen Frauenroman schreiben. »Es gab in diesem Land keine Literatur, mit der sich eine zimbabwische Frau identifizieren konnte.«

Zimmer 205 • Der fünfzehnjährige Béla lebt mit seiner Mutter in großer Armut. Sie wohnen weit außerhalb von Budapest in einer Stube und Küche, mit einer Untermieterin. Mit der Miete sind sie im Rückstand, Bettdecken und Kopfkissen müssen sie in die Pfandleihe bringen, die Mutter hustet und arbeitet Tag und Nacht als Wäscherin. Béla hat Glück, daß er eine Lehrstelle als Boy in einem Budapester Luxushotel erhält. Hier gibt es Kronleuchter, Marmor, Teppiche und vergoldete Stühle.Von den Ärmsten der Armen ist er zu den Reichsten der Reichen gekommen. Er steht morgens um halb 5 auf, um den vierstündigen Fußmarsch in die Stadt zu beginnen, denn es ist kein Geld für die Straßenbahn da. Nach zwölfstündiger Arbeit legt er dieselbe Strecke zurück, um für vier Stunden zu schlafen. Ein Frühstück im Hotel kostet die Gäste mehr, als seine hart arbeitende Mutter in einer Woche verdient. Béla ist zunehmend fasziniert von »Ihrer Exzellenz«, einer rothaarigen, temperamentvollen Dame, die die höchsten Trinkgelder gibt, aber auch schon mal die Zimmermädchen ohrfeigt. Ihre Exzellenz wohnt mit dem Windhund »Cäsar« auf Zimmer 205. Seine Exzellenz ist oft geschäftlich unterwegs. Eines Nachts klingelt das Telefon, und Ihre Exzellenz bestellt eine Flasche Champagner, die ihr der Boy Béla servieren soll. Ihre Exzellenz verführt Béla, und János Székely läßt seinen Liftboy in *Verlockung* auf den nächsten Anruf aus der 205 hoffen.

Zimmer für sich allein • In ihrem Klassiker der feministischen Literatur geht Virginia Woolf der Frage nach, warum es so wenig bekannte Schriftstellerinnen und Künstlerinnen gab. Ihre Antwort lautet: Sie hatten kein eigenes Geld und kein eigenes Zimmer. Sie selbst verdiente zu diesem Zeitpunkt schon mehr als ihr Mann, weil ihr mit *Orlando* der große Durchbruch gelungen war. In *Ein Zimmer für sich allein* erzählt sie vom »unendlich unberühmten und undokumentierten« Schicksal der Frauen. Shakespeares Schwester wäre auch gerne so berühmt geworden wie ihr Bruder, aber sie ist ganz mit Haushalt, Kindern und Ehemann beschäftigt, weshalb wir heute leider nichts von ihr wissen, nicht mal, ob es sie tatsächlich gegeben hat. Virginia machte sich mit ihren feministischen Ansichten nicht nur Freunde, auch viele Männer aus ihrem Bekanntenkreis teilten ihre Meinungen nicht. Nigel Nicolson, der Sohn ihrer Geliebten Vita Sackville-West, erzählt in seinem Buch über Virginia folgende Anekdote: In ihrem Haus am Tavisstock Square in Bloomsbury brachten die Woolfs ihren Verlag Hogarth Press im Erdgeschoß des Hauses unter. Hier war auch

Virginias Büro, das gleichzeitig als Lager für die Bücher und als Packraum diente, so daß Virginia nicht ungestört arbeiten konnte. Da die Woolfs auch den Rest des mehrstöckigen Hauses bewohnten, fragte sich Nigel Nicolson immer, warum sich Virginia ausgerechnet dieses Büro ausgesucht hatte.

ZIMTLÄDEN • Wegen des dunklen Holzes, mit dem sie getäfelt sind, nennt Bruno Schulz' Erzähler die geheimnisvollen, nachts geöffneten Läden, in die es ihn als Kind zieht, *Zimtläden*. Sie liegen in einer versteckten Gasse, sind schwach beleuchtet, dunkel und feierlich. Es riecht hier nach Farben, Lack, Weihrauch, dem Aroma ferner Länder und seltenen Materialien. Es gibt »... bengalisches Feuer, Zauberkisten, Briefmarken längst verschwundener Länder, chinesische Abziehbilder, Indigo, Kolophonium aus Malabar, Eier exotischer Insekten, Papageien, Turkane, lebende Salamander und Basilisken, Alraunenwurzeln, Nürnberger Mechanismen, Homunculi in Blumentöpfen, Mikroskope und Fernrohre und vor allem seltene und seltsame Bücher, alte Folianten voll wunderlicher Stiche und betäubender Geschichten«. Die alten und würdevollen Kaufleute bedienen die Kunden mit diskret gesenkten Augen. Sie sind weise und voller Verständnis für geheime Wünsche. Doch die Zimtläden waren schon 1934, als Bruno Schulz seine Erzählung veröffentlichte, bedroht von den Läden in der Krokodilgasse. Sie ist auf dem Reißbrett entworfen, etwas außerhalb der Stadt. Hier ist alles zweckmäßig und modern. Kitschig, billig und pseudoamerikanisch. Die Geschäfte haben französische und englische Namen und sehen alle gleich langweilig aus. Die Läden sind groß und leer, hoch und farblos. Hier arbeiten adrette junge Verkäufer, die den Kunden schmeicheln. Schon bald machen die Zimtläden bankrott, weil sie von billigen, modernen verdrängt werden. Auch der Vater von Bruno Schulz hatte im ostpolnischen Drohobycz, das heute zur Ukraine gehört, einen Zimtladen, ein Seidengeschäft, das durch die neuen Läden in Schwierigkeiten geraten war.

ZWEISTROMLAND • Das Zweistromland zwischen Euphrat und Tigris gilt als der biblische Garten Eden, das Paradies. Hier liegen die blühenden Stadtstaaten Ur, Uruk und Nippur mit ihren Tempeln, Palästen, dichtbewohnten Stadtvierteln und schattigen Palmenhainen. Hier werden die Töpferscheibe, der Pflug und die künstliche Bewässerung erfunden. Im Jahr 2350 vor Christus erobert König Sargon aus dem nördlicheren Akkad diese Städte und schmiedet daraus das erste Reich der Geschichte. Seine Tochter Enheduanna wird Oberpriesterin des Mondgottes und damit die höchste religiöse Autorität im ganzen Zweistromland. Enheduanna schrieb mehrere Hymnen zum Ruhm der Liebes-, Fruchtbarkeits- und Kriegsgöttin Inanna – der Göttin, die später in Babylon Ischtar heißen sollte. Enheduanna ist der erste namentlich genannte Autor der Geschichte, denn sie verewigte sich auf den in Keilschrift verfaßten Tontafeln. Bis zu diesem Zeitpunkt blieben alle Schreiber anonym. Die Schrift, die erste der Menschheit, war erst etwa 200 Jahre alt, und man nimmt an, daß sie deshalb mit ihrem Namen unterschrieb, weil sie aus königlicher Familie stammte.

Autorenregister

Ortsregister

INHALT